ZAOWUJI

造物纪

杜冰冰 著

二十一世纪新小说来袭

关于男女战争的震撼性写作

九州出版社
JIUZHOUPRESS

写给 2012 ——

传说中的世界末日

目 录

造物纪

杜冰冰

题记：下一次世界大战人类将用石头打仗

——　阿尔伯特·爱因斯坦

造物纪

第一章　在巨石阵

注：本书配图均为雷尼·马格利特作品

空气是块状的，每一处都分了章节，盖下戳印。

我们随着光阴游荡，时间开始了。

棉纱缓缓转过身来，那颗叫作黑尔的巨石寂然如青铜，太阳已稳稳地升起。

在这重大历史时刻，棉纱手执一支浓绿的槲寄生作为王者象征之物，硕大的郁金香宝戒和璀璨的钻石耳环，点染着其堂堂丰仪。他的转身如同经典，似惊鸿之一瞥，体现了历史的某种达成，弧度、韵律、节奏……无可置疑。他的造型无与伦比，他的谱势（Pose）难有匹敌。作为国王大典的礼服，棉纱穿的是一件领先时代、前卫的尿布装：前飘摇兮右翻转，左妖娆兮后回旋，清逸兮凝重，挺括兮褶皱，纹理兮廓形；诸种奢华庄严之姿，全面烘托出一代英杰之范式、开天辟地男人国之崇高绝古。棉纱前移后走，左倾右转，神采斐然；右擎绿兮左配黄，上游移兮下嚣张，前高扬兮后威稳。

尿布，这解决婴儿屎尿之物件，从此得到开创性诠释。对尿布的全新运用是男人们的盛事，表达了男人最深刻的心语，直抵男人精神灵魂本质之所，它呼喊而来，赫然凸显，不顾不管，时尚指数一路飙升：七颗星。尿布装的设计不仅展现了尿布之形，更体现了尿布之精神，尤其对裆部及其衍生关系等细节的塑造颇有心得。棉纱这件大典礼服由多重尿布精致拼接缝制，祖母绿、鸽血红、金绿猫眼、金黄钻石、蓝宝石、紫水晶、翡翠珍珠珊瑚等稀世珍宝缀饰镶嵌，礼服上的图案多与男人相关，如公鸡、公牛、奶嘴、长矛、棍棒等等，其手工之繁杂、制作之隆重令人叹为观止。作为一名曾经的文艺青年（有棉纱的大胡子为证），棉纱的尿布范儿再次出尘拔俗、玉立亭亭。

有风猎猎地吹过。

棉纱的礼服轻舞飞扬。

巨石阵。这巨石组成的阵仗，这兀立、这排列、这凸凹，这比对、这呈显，这欲言又止。

这些环状列石，大石环内竖着小石环，不仅圈立还横空，有的巨石架在两根立着的石柱上，高高地悬示空中。这些长方大石组织着编排着昭示着，如旋转于天地、行走于寰宇，变幻织造、接衔着多维时空的能量场。它们还反射巨石阵内部的声音，共鸣、放大、回响。

巨石阵这远古旷大的现场，这人类神秘的史前文化遗址，这巨石出没之所，这横空的强加，这坦露、这隐秘、这粗拙、这浑然、这接连、这字据、这留白、这印痕、这谜语。这势与场。

这巨石的组构，这信息能量的流转，这直面而来的气场，这强劲的磁石，这引力，这姿态，这倾力的托举。

它还显示与太阳相关的部分，它遗留于现场，它贯穿着古今天地，阳光雪雨、青草蚂蚁、泥土熏风，有和无，重与轻，寂灭与新生，路径及走向，混沌并拆分。

不同向度的巨石呈示出迥异的轮廓，阳光有不同的倾角；风吹过来，气息，光影，现场的笼罩，种种况味、气感、氛境齐齐潜隐着呼啸着涌动着混杂着，这难以言说的微妙，错变、倒置、滋生，是翻译了光阴还是解读了造物？如何破解？这38块石头的遗存，这巨大的谜题，微笑、祈祷、静默、诉说、了然？这场的日日夜夜传达了造物怎样的信息和密语？

巨石阵，于寂旷的原野横空出世，它宏大着迎风而立；这些大尺度的条石，这几十吨重的巨柱，矗立并横举向天。

这场的更改。这不可撤销。

巨石阵被当作男人国的精神寄托，男人们把这些石柱看成阴茎的象征，心有戚戚焉。

以那颗著名的叫作“黑尔”的巨石为参照，男人们目睹了这个夏至日的太阳从巨石间升起。

俗语说："夏至到，鹿角解，蝉始鸣，半夏生，木槿荣。"夏至是阳气最盛之季也即始衰之时，属阳性的鹿角开始脱落了。

男人国成立大典的序幕就此拉开。

在巨石阵醒目背景之下，一个可移动平台被临时搭建起来，男人国国王棉纱站立于大典现场的视觉中心，像枚惊叹号，抑或一个逗点。棉纱礼服上有量身定制的香氛在这个场中层层扩散，一漾一漾地。前调：衫木香、罗勒、无花果、薄荷、橡树苔、槲寄生，中前调：黑醋栗、胡椒、肉豆蔻、月桂、大茴香、寻麻，中调：海狸香、麝香、龙涎香、琥珀、乳香、羊皮，中后调：肉桂、沉香、金银花、咖啡、可可果、大黄，尾调：黑檀、树藓、苦艾、忍冬、没药。

全世界男人的代表各就各位，参差出五花八门的阵型，一时间旌旗招展、彩带飞扬的，不亦乐乎？

其中一另类之阵分外触目，其绝然、独焉超出了人者之想象：全部是动物，各种形状和类属，各种尺寸与因由，各种姿态与俯仰，然而它们还能排列，还安静且聆听，没有哪几个互相咬、啃、吃也没有撕扯殴打扭作一团。大猩猩、黑猩猩、金丝猴、山魈、熊猫、北极熊、浣熊、猎豹、狮子、华南虎、印度象、驯鹿、麋鹿、马鹿、驼鹿、长颈鹿、斑马、角马、野马、河马、犀牛、水牛、黄牛、牦牛、野驴、毛驴、山羊、绵羊、藏羚羊、鹦鹉、丹顶鹤、火烈鸟、乌鸦、啄木鸟、布谷鸟、海燕、海鸥、海豹、海马、企鹅、天鹅、秃鹫、白头鹰、猫头鹰、灰狼、蜥蜴、鳄鱼、鲨鱼、章鱼、骆驼、羊驼、树懒、袋鼠、黄鼠狼、老鼠、眼镜蛇、野鸡、火鸡、狐狸、屎壳郎、鳖、龟、刺猬、河蟹、蟑螂、蜘蛛、臭虫、蚂蚁、虱子……等等蔚然大观，它们是由不易察觉的多重透明隔离体组成的庞大装置，透明体设计运用得很巧妙，各种动物如同无间地排列在一起（技术解决了动物的安全距离、夜行动物的生物钟等问题）。游鱼在走兽、飞鸟间穿行，狮虎临海豚、鸡雀而立，苍鹰共猩猩、白鲨于一隅……这看似不可能之可能，这错综和重组之奇观，这近乎悬绝之完成！如此绚烂惊艳的一幕！五颜六色的野鸡孔雀鹤鸟虾鱼竞相招展，帝王蝶密密地挂于一处……几多混搭几多嗟呀和猿啼，几多丽影几多喘息，几多水声、空气与淡定。

作为品种花样最繁杂的狗被单列了一组。大的小的中的，不同毛发体态表情，迥异的特性、能力、偏好，熊一样的狗、鹿一样的狗、马一样的狗、猪一样的狗、婴儿一样的狗、娃娃一样的狗……狗由人对狼的塑造而来，招式迭出，人的各种心思喜好欲求情绪印迹全数体现。这个场合下的狗狗们都很争气，没有抬腿占地盘、随地大小便，显现出一种高风亮节。狗狗看见自己的祖先狼没什么反应，它们不认为那一脸寒酸饥渴少爱的物类与自己有什么关系。而狼看见狗也没有若有所思，它们同样视这些怪模怪样的可笑家伙（有的狗还套上了人的衣服）于无物。

动物们原则性底线和共同点：都是雄性。

棉纱这个大胡子男人气定神闲（也有说是眼含热泪），他举起手中浓绿的槲寄生示意圈划表明，他张开那掩映在络腮大胡子下粉嫩的樱桃小口高呼："男人同志们，我们胜利了！男人万岁！"巨石阵一片欢腾。

当棉纱的视线对准动物队列，口号脱口而出："全世界雄性从此解放了！"几乎难以置信，动物们瞬间应和，其嘶吼鸣吠啼喧，地动山摇海啸般，瞬间盖过了人类。情况就是如此感人，历史留下了动人的一幕。

这一刻，时间仿佛在巨石阵停了下来。

男人国成立大典没有使用常见的和平鸽，取而代之的是从全世界选来的各色大公鸡。作为大典的吉祥物，古高卢地区的大公鸡尤为受到重视。公鸡是应太阳而鸣的动物，骄傲而高调，因天然体现了男人特质而被选中；也有说此仪式由古代"看鸡"的习俗演化而来：古预言家在大战前夕，通常以观察"圣鸡"的一举一动来预测战争的胜负。比如，鸡吃米，那么此战必胜；鸡不吃米，则意味着会战败。

现在的仪式里，鸡们都不吃米了，大公鸡们被分别摆放在圆圆的玉石柱台上一溜儿排开。首先每只大公鸡要挨个展示它们的声线，之后棉纱与它们一一对视片刻，仿佛进行了灵魂交流、致意……接着，棉纱抱起其中特选的最硕壮绚丽的七彩大公鸡，略停顿再举起来展示，这个造型要拗个几十秒，然后对着巨石阵正反向移动几个来回，这就表明世界上史无前例的男人国终于成立了。

这个仲夏季，世界已全然不同；在这个夏至日的上午，人类历史掀开了新的一页。

接着男人国盛大的游行仪式被启动了。

这是震撼的一幕：男人们在巨石阵现场如移动之蚁群，滔滔然憧憧然，不知由何而来谓何而涌。他们举着3吨多重的男根状蜡烛游走，一会儿向前一会儿朝后不绝于缕。不少男人选择身着时尚的尿布装，头上扎着艳丽翩跹的蝴蝶结。他们齐齐举起兰花指行礼，甚为震撼人心，他们自己都深受震撼。男人们发出婴儿般的声音，非常嗲，极其萌，萌得让人不敢相信。他们举起巨大的奶瓶作为圣物，跳起学步嗲舞：上身前倾，脚步趔趄，模仿幼儿期刚刚学步时的样子，他们口衔奶嘴发出婴儿般的呓语。

革命为了啥？为了啥？终于可以光明正大地使用奶嘴和尿布装了……？很多男人好像在这瞬间彻悟了自己的行为动因，这场革命的意义、内涵，与女人战争的来龙去脉及内在深刻的推动力。想到这里他们热泪盈眶：原来这才是真正的自己，一直压抑的自己；而女人曾多么可恶地剥夺了男人的这一切，这心底深处的持久期望、这令人双目潮湿的渴盼。

爱因斯坦先生曾经预言：下一切世界大战人类将用石头打仗。

今天的世界应验了他这句话。只是他无论如何也不会想到这次世界大战是此番图景与款式，如此匪夷所思：不是通常意义的种族、宗教上的，不是国家与国家的，而是爆发于男女两大性别之间、为清除其中一种性别而进行的。

以灭绝人类二分之一种类为宗旨；所有复杂不可调和的一切都化简为男人女人这对立的两类，这纯生理性的划分。中性人、双性人都必须动手术选择自己的立场，谁也无法不男不女地活着。

对澳大利亚的诺里来说，这就是个重大问题。几十年来诺里一直对自己的性别不满，出生时生理上是男性，28岁动手术变成女性，后来又不想当女人了，到医院去掉身上的女性特征，成为一个雌雄难辨的中性人，连医生也无法将诺里的性别进行归类。诺里说："男女的概念都不适合我，不能反映我的真实情况。我不愿意再顺应别人的想法给自己挑选一个性别。"经常有人问诺里是男是女，诺里的回答是："都不是。"

不想做男人也不想做女人怎么办？不行。可以变性但不能没有性别。

现在诺里必须做出一个抉择，安个乳房或阴茎，哪怕是假的；否则将无立锥之地，或许会被强制确定一个性别，甚至被解决。

人妖要做出最终的选择。以泰国人妖为例，一部分选择了做回男人，剩下的彻底作为女人而存在。

人妖拉比的选择是困难的：上半身比女人还女人，下半身比男人还男人，舍弃哪一种都是不忍。拉比的身体还出现了特异性症状：同时得了女人病乳腺炎和男人病前列腺炎。拉比有时不知自己是谁，仿佛两种性征同时拥有才是安全的。但现在行不通了。

身体里存在阴茎、子宫等男女两套生殖系统的双性人只能保留其中一套。

拉登与布什不再对立，克林顿与希拉里成了仇敌。男女之间是你死我活无解的。这就是今世界的景观。在地球这个大社区、大村庄如此发生了。有时候想想，人类对自己的逻辑、上帝的逻辑到底知道多少。

男人们的理念很简单：地球上太拥挤了，必须保护森林环境等自然资源，但要灭掉蝗虫一样不断增长的病毒人口——他们选择了牺牲女人。

这一切其实早有预兆。面对人口的巨大压力，为转移危机矛盾，人们本能使用过各种方式，如卢旺达的种族灭绝（1994年卢旺达发生种族大屠杀，100万图西族人被杀害）……等；但发展成全球范围并要以清除人类中所有女性的方式来解决问题还是难以想象的。本来这是不可能的，可事情就这样发生了：当克隆技术使人类的繁衍不成问题，当种种内外条件时机萌发整合，这样一种人类经验之外的崭新路径就如空降奇兵般突然呈现了。是否有幻想的词汇影响大脑的问题，是否有流程上的痛彻心扉，这是一种全新的事物、境界，另类的范儿。

克隆与人类基因计划相结合，正以不可阻挡之势迅猛蔓延。人类可以被制造且是大批量制造。那么女人呢？

不过，这些是被有意无意遮蔽了的深层原因，呈现于外的是诸种别样更为复杂的样貌。男人们对此或心照不宣、或一知半解、或多数是被表层的各种事物牵引着随大流而行。

女人与男人的战争，其实一直都在进行。

人类的历史本身就是男人与女人的斗争史。

这是两个物种，来自两个星球，男人来自火星，女人来自金星，却众多世代奇怪地错综复杂地纠结在一起。

现在，我们正走向一场世界战争。

（一）风起云涌

前起。

话说当今世界浩浩荡荡车流滚滚地。

娶不上老婆的“屌丝男”与嫁不出去的“剩女”日益形成两大鲜明阵营；丝毫没有减少与融合的迹象，反而愈加声势浩大且壁垒森严；双方的对抗与骂仗更是愈演愈烈。

适逢其时，社会上发生了一知名大佬为嫩女弃老妻之事，瞬间引发了火药桶，惹起轩然大波，并逐步发展成一重大社会事件。

这类中老年“成功男人”换小妻事件频频发生，男人们是这样解读的：这是理所应当天经地义的稀缺资源重组，即男人的钱权地位+女人的年轻貌美；人到中年，男人由不名一文的毛头小子变为成熟有实力的男人，是增值品，而青春逝去年老色衰的老妻愈发成了大幅贬值品，两人已完全不匹配了，换妻是顺理成章的现实问题。男人中广为流传的人生三喜：升官发财死老婆。其实不仅指“成功”男人，更包括很多刚刚脱贫吃了几天饱饭的男人，境遇略有好转就蠢蠢欲动了。

关于被抛弃的老妻，男人们这样看：说明这女人年轻时档次不够，比如说不够漂亮，所以只能配当时那样一无所有的男人（即只能配骑自行车的男人配不上开宝马的男人）。男人说："你以为嫁给穷男人的女人是为爱献身很伟大吗？不过是自身条件有限，搞不定高富帅而已。"

如果老妻年轻时漂亮且各方面都非常优秀，但偏偏找了这"骑自行车的"，男人的说辞如下：

A 她或许贪图男人对她的殷勤体贴。这说明她还是档次不够，一点浪漫温柔就能使之满足，可见她的精神世界多么"穷困"，层级多么低，多么没见过大世面；

B 她认为这骑自行车的男人是绩优股，说明她还是对男人有所算计有所图，男人"优"了以后不要她了，只能算她打错了算盘投资失败；

C 她很愚蠢，容易被男人忽悠。那就怨不得别人了，都是成年人了，自己只能对自己的行为负责了。

……等等。

对于老妻们为她们在生育和家庭中付出的诸种不甘，男人的论调也是一串一串的：凭什么说是男人占了女人的便宜？女人还占了男人的便宜了呢，男人也付出了青春付出了精子。女人贬值了就该有自知之明，该痛痛快快地走开，不应与男人缠斗，否则就是刁妇。老女人自己落伍了还缠着男人不放是无耻。

对全职太太，男人说：男人凭什么净身出户，该净身出户的是女人；这么多年都是男人在外打拼，女人闲在家中享受，是男人养着女人，现在这一切该结束了；

若老妻是与他共同创业打拼事业的职业女性，男人会说：她太强势，自己早受够了，不想再忍了。

总之，男人之前之后两副面孔泾渭分明，很少女人能想得通。后来，“剩女”们想通了，或者是“剩女”的母亲们以自己一生的代价想通了这些事并影响了她们的女儿。

值此大佬换妻之事发生，“剩女”们再度受到刺激，大声喊出“宁愿坐在宝马车里哭，绝不陪穷男人一起奋斗”的口号。“剩女”们的共识：宁可“剩”着，也不当“屌丝男”的“垫脚石”，誓“剩”不当“黄脸婆”。“剩女”们说：若是明明白白的市场交易倒也公平合理，但这些男人是用欺诈的方式掠夺剥削女人。他们没有爱情却拿爱情当幌子，当成算计欺骗女人无偿劳动的遮羞布。女人仅仅被男人当作实现目的的工具。而所谓“爱情”不过是男人对女人的洗脑和愚弄。

“屌丝男”们对“剩女”们的观点进行了愤怒声讨，强烈谴责“剩女”们拜金、道德败坏。并恳称：男人付出了珍贵的精子。精子珍贵呀，没有我们男人珍贵的精子，你们女人拿什么生孩子？古人一直劝男人保重身体少房事的，那是很伤身体的事情。男人的精子那可是好东西呀，男人付出这么珍贵的东西，你们女人还叽叽歪歪什么呀？

“剩女”对“屌丝男”的反击：“就凭你那泡没有

任何价值的精子，女人就得无条件被你们哄骗，为你们劳作被你们牺牲？当成你们的生育工具、老妈子，被你们压榨隐性劳动无耻抢劫？当成你们‘成功’前的替代品、过渡工具？被你们得了便宜还卖乖地踩在脚下当垫脚石？”

男人说，男人落寞时需要蜡烛型的女人，成功时需要珠宝型的女人。你们这些只配当蜡烛的女人不去当蜡烛就一辈子嫁不出去当剩女吧。

女人对男人说：知道为什么现在愿意做蜡烛的女人越来越少了吧？因为犯不着燃烧自己，给您照亮，您就自己在黑暗里呆着去吧！

大佬弃老妻之事进一步刺激了年轻女人在择偶上纷纷抛弃潜力股选择套现。

男人们恨恨不平：现在的女人都贼精贼精的。

“屌丝男”们愤怒地走上街头游行示威，集体喊出了“打倒拜金女！”的口号。

男人与女人互相质疑。女人认为男人没爱情，冷酷卑鄙；男人也认为女人没爱情，一切只为了自己的生存庸俗拜金。

事件在持续发酵，各种辩论说法走向深入、扩大。专家也纷纷出来大显身手。

男人们历数女人的丑陋和劣根性：虚荣、拜金、浅薄、水性杨花、自私、庸俗……

专家解析：女人为什么拜金虚荣捏？这是因为女人本质上就具有庸俗性。那么女人的庸俗性又缘何而来呢？庸俗性衍生自女人的原始本能："抱窝"。"抱窝"需要安全感，对安全感的追求正是女人走向庸俗的心理起点，这是女人拜金的原始动力。女人太自私了，她们只想到自己"抱窝"的安全感，根本不是真正为后代考虑，一个漂亮优质的女人会为金钱地位找个精子质量很差的丑陋老男人，全然不管生出的后代会怎么样。为金钱而结婚的女人本质是卖淫。

专家称，女人的庸俗还表现为性关系的惰性，即对男人"从一而终"式的专一。这种专一是否代表对男人的真爱呢？当然不是。从生物学角度看，这只能体现了其动物本能即性的惰性。这种惰性是自由的大敌，是对人类进步的窒息。相反，男人的本能是到处撒播自己的种子,不断寻找不同的伴侣繁衍自己的后代，使自己的基因得到更多更好的传播，代表了人类先进力量。

有男人说：女人之恶还在水性杨花，她们既当"婊子"又想立牌坊。那些表面是窈窕淑女暗地却红杏出墙的女人是极端可恶的，她们的不负责任见异思迁令人发指惨绝人寰，男人都是在女人无数次深刻摧残中成为花心男人的。

一个"屌丝男"痛定思痛后的声音振聋发聩：在无数个孤寂而郁闷的黑夜里，如果我们扪心自问、细细体察就会发现，凡是在根本上对我们的心灵和精神造成重大创伤的，几乎都是女人！一切的一切都表明了，现在的女人，没几个值得我们男人真心去爱。我们男人只是为了人类传宗接代的任务才和她们结婚罢了。

有专家发出警示：人类社会正滑向女性化深渊。

老婆是最大的极权，正是她们使男人失去自由、创造力，在数年内就把她们的丈夫变成一具具丧失了灵魂的行尸走肉，是对男人的最大威胁。看看那些在黄昏的广场上散步的中老年男人吧，他们中有多少都是精神与灵魂被老婆弄残了的可怜人！

众多女人在打着所谓的母爱之名控制男人污染社会。人们常说母爱如何如何伟大，其实母爱往往自私而狭隘，多是对自己孩子的占有及控制，更谈不上对社会的博爱。自我还很弱小的男人应远离女人，防止灵魂被腐蚀被异化，离女人远些就是离危险远些。

专家高呼：救救男孩！

众专家对女人定性：是女人导致了当今世界的道德败坏和堕落。女人以金钱等庸俗标准衡量男人，造成社会风气卑劣人心不古，使男人们为获钱财不择手段、没有底线。再看看那些虚荣势利卑鄙奸诈的女人、那些破口大骂搬弄是非的女人、那些在菜市场中斤斤计较的庸俗女人……她们暴躁多疑，琐碎挑剔，逻辑混乱，折磨得男人有想死的冲动，神仙跟她们讲道理都得吐血。女人的情绪变幻无常，月经期、妊娠期、更年期……还剩下几天是正常、可以理喻的？

结论：女人对世界造成了重大腐蚀和阻碍，女人是社会堕落之根源。女人是地球上最丑陋的物种。女人问题是人类社会的根本问题，女人问题不解决，社会就不会进步，人类就面临崩溃灭亡的危机。男女看似一类，实际上比异类相差还远。当今世界最大的矛盾就是男女矛盾，当今人类的最大问题就是男女问题。世界上所有的战争，不是为了别的，都是为了解决“男女”之间的问题。

过了一段时日、一些来回，事情忽然发生了更为不同质的转变，“屌丝男”与“剩女”的事情早已算不得什么了。

事情开始于不动声色的某一天，那个男同性恋酒吧的出现，那个绿色环保组织，那些先是星星点点后来蔚为大观的口罩标志（《她世纪》中有所记载）……之后世界便全然不同了。

随着男同性恋运动风起云涌，男人对女人越来越失去兴趣，无论美女丑女在男人眼中都是令人讨厌的它种生物。能克隆了，生孩子不再需要女人，男人突然发现男性与男性之间的性爱更合理更自由更有趣更回归本性。

在男女关系上，男人脱身较快，女人尚处于有些滞后的状态。当男同性恋大规模形成时，女性是比较被动的，不少人认为是自己魅力不够使男人们只能同性相爱，不由得愧疚、自责起来。社会上女人的自卑心在悄悄蔓延。

有各种表面无关的事物横七竖八地轮番发作，即便最早的女人质疑者团体“粉红帮”，也是逐渐在一片混乱中理出头绪的。

一个叫棉纱的男人以其巨大煽动力、强烈感染力在这个时代脱颖而出。作为一名文艺青年，他的络腮大胡子作为潮流中的标配赢得了无数追随者。他的演说很有说服力，其魅力如滔滔江水势不可挡。他的演讲仿佛能将阴变阳，点晨为昏，使河水倒流、山川变色。

“世界上有一种东西更重要，那就是自由，那就是尊严！”

“看看我们这些男人，被女人弄成了什么样子！我们哪一个不是在女人的压迫下长大？那个生我们的女人掌控我们弱小的身体，按着她的意愿随意捏造我们。她们是照料了我们，但她们是不是更多地操纵了我们？她们动机不纯，生养我们的目的是功利性的投资：为了有人给她们养老，为了多一个人做她们的傀儡和奴隶。她们给我们洗脑，要我们顺从她们、爱戴她们、赡养她们，这是掌握话语权的女人对孩子不近情理的苛求，是虚伪卑鄙的欺诈，是近乎变态的自私和贪婪……”

“你们从小到大对女人不适却被迫与她们相处有木有，你们憎恶她们却被迫赞美她们有木有，你们想扎蝴蝶结却不可以有木有？这一切是肿么了？这是为什么？有没有人想想这个问题？我们男人活得多么窝囊，多么可悲！事情再也不能这样下去了，新时代的曙光已照亮我们男人的道路，被压迫滴男人都起来推翻女人这世代欺压我们滴大山。从生我们那个，到与我们配对的那个，再到我们生下的那个，一切的一切都是巨大的错误。为什么地球上这么多污染？女人天生的污浊就是一切的原罪！为什么女性身体易藏污纳垢呢？为什么女人每月有那几天呢？为什么男人身体却天生清爽简洁呢？这些都说明了什么？”

“现在大家该体会到男人之间相爱是多么幸福真实、合乎真理了，这一伟大之举将改变世界！男人们，你们很棒，你们在以自身之力改变历史改变未来。我们男人一直在被女人压榨掠夺。现在是时候了，我们不能再失去自由与尊严！”“男人万岁！”“我们要为世界优等人种——男人而战！”

棉纱气宇轩昂、铿锵有力：“我们必须创造一个人类的新世界！我们必须打造一个没有女人压迫的全新未来！”“起来！新时代的男人们，我们要做天下的主人！”

在男人的各式重大集会上，作为领袖的棉纱展现了他超绝的魅力。

不仅仅是大胡子造型、右侧标志性的男同耳环、衣着节奏的波澜壮阔、表情姿态的层层递进；不仅仅是其一出场就刻意携带的巨大暗示和信息，其整套的细节设计诠释、符号节奏的处理、其强烈的仪式感……重要的还在他的演说。

他的起势是平缓的，以耳语般的语调切入，如音乐的前奏，一丝丝撩拨着在场者的心，造成现场瞬间鸦雀无声的效果，全场轻易被他hold住，接下来就是他多姿多彩斗志昂扬的表现了。他时而安静诉说深情款款，时而激情澎湃舞之蹈之，时而挥洒自如侃侃而谈，时而歇斯底里愤怒咆哮，他竟然还会偶露纯情和羞涩呢……真是迷死人不偿命啊。现场之人无一不被他牵动，他动感与静止的反差，他的高低音，他肢体的招式，他分寸拿捏的精准，他每个字词对男人们心灵的深刻击中，那强烈的感染，那势不可挡的激起，那巨大的裹携和带动，那热血沸腾和身不由己，怎么办呢，没办法呀，大家跟着他一块儿哭一块儿笑一块儿愤怒一块儿声讨，每个人的情绪都被他彻底带动和感召，他太迷人了，那是种无法抗拒的倾城之魅。只要进入这个场，人们就身不由己瞬间疯狂。那不可抗拒的狂热，伴随着一阵阵“棉纱、棉纱，我们爱你！”“棉纱万岁！”等口号响彻云霄。

男人集会往往经过仔细筹划，大致分若干个程序。除棉纱充满了仪式感的演讲作为重头戏之外，还有大家交流、分享的部分，诉说、辩论、痛斥、感化等多重样式融为一体。

男人们对女人的各种控诉也随之展开。

未婚男人的控诉：为了追她，我吃了多重苦，受了几茬罪，她却不理不睬；

儿子对母亲的控诉：她每天都要对我唠叨斥责，令我精神抑郁恍惚，给我心灵造成强烈刺激、留下巨大阴影。为阻止我从单位辞职，她还曾把我强行送入精神病院。

现场男人一片嘤嘤啜泣之音，悲愤之情溢于言表，心有戚戚焉；

孙子、外孙子对祖母外祖母的控诉：她整天给我洗脚喂饭，让我丧失劳动能力，这是什么居心？不就是为了让我们离不开她们、永远围着她们转吗？！

一个粗壮的大男人说起妻子对他的迫害泣不成声，妻子不仅对他进行精神、心理迫害，还对他进行惨无人道的身体摧残，老婆是练跆拳道的，他成了老婆练功的沙袋、随时被暴打却无法反抗，每日在老婆这沉重大山的压迫下苟且度日……唉，这种苦难几天几夜也说不完哪；

另一个男人说他倒是打得过老婆，但白天打了老婆，晚上就不敢睡觉了。老婆会趁他睡着时收拾他，几次下来他就缴械了……老婆还会趁他吃饭等各种放松脆弱的时刻折磨他，总之，家中有一随时随地令他精神紧张的敌人，他付出的代价太大了。老婆说，这仅仅是对他的警告，若敢再动她一根指头，她会趁他睡觉时阉了他，与他同归于尽等等。这下他明白了，原来最惹不起的人就是老婆呀。惹了老婆，在自己的家里就不敢吃饭不敢睡觉了，生活如同地狱。女人是一种多么恶毒的生物啊！女人哪里是弱者，女人是毒蛇！

几个已婚男的集体控诉，控诉妻子对自己的家暴，他们通通露出身上被抓的伤痕痛哭流涕，间或嚎啕，场面极为震撼。

此等凄惨情景激起现场男人们的愤怒，口号声此起彼伏：打倒女人！把女人抓起来！抓起来！抓起来！……

会场气氛达到了高潮。

男人们进行着多层次多角度论说和分享，对女人进行了诸多指控。哀怨沉重的背景音乐不时响起。看看女人啊，把那么多原本生动的男人变成了多么可悲的样子。

棉纱在全社会掀起重新认识女性这原本熟悉实则陌生之物的运动。

女人、少女、幼女、老妇都成为男人厌恶和印证新理论的对象，满眼都是低级劣根反动，都是污染和障碍，都是这种多余的不洁之物。

女人被揭得灰溜溜的。

街上到处可见的标语："试问，地球上为什么这么多污染？""女人为什么这副模样？""女人，你为何不忏悔？""男人们，你们是否真的了解这最熟悉的陌生人——女人？”“什么生物是对这个世界最大的败坏？”“这到底是为什么？”

接着，全世界的女人都被要求佩戴黄标章了，一些关于女人的隔离区也开始出现。

女人的悲剧在于没有准备，没想得那么深透、那么哲学，很大意很颠倒，甚至一些女人对佩戴黄标章并不持异议，反觉得理应如此或者没什么大不了的。不少女人对男人还延续着信任、迷恋和爱情的惯性，不相信男人的决绝和翻覆，原谅男人的错误，认同男人的怪念头，反思自己的问题。女人时时开展批评和自我批评，挖掘自身的劣根性乃至生理上天生的不足之处：作为“第二性”，长得竟然与男人不一样，这天生的不堪成为女人的原罪。很多女人认识到自己确实在很多方面对不起社会，对不起地球，对环境造成了不少污染，这是要时时检讨的。女人身上的问题太多了，女人具有多重罪。

在“隔离区”能进行更好的自查，促进女人的反思和“自净”，提高女人认识、觉悟，有利女人的思想改造。这是不少女人相信和认同的。

认同男人对女人的歧视和改造，使女人在精神上矮化自己……

在强大舆论力量下，在这风卷残云不可阻挡的社会潮流之中，人们都被裹挟着身不由己。

一些对男人行为质疑、警惕的女人被称为“粉红主义者”。“粉红主义者”聚在一起互相取暖，被称为“粉红帮”。“粉红帮”的标志是粉红三角。

从前不得志的“屌丝男”趾高气扬起来，曾经喊出“宁可在宝马车里哭也不陪穷男人一起奋斗”的女人被批斗、游街了。时不时有流浪汉等“屌丝男”侵扰“白富美”女人的现象发生。

影响最大的就是鲁志—许娜事件。

“屌丝男”鲁志在一家咖啡厅主动挑衅袭击了“白富美”许娜。一段时间以来，此类事情时有发生，并不显得多稀奇。但这次事件的时机、细节、多元素的凑杂等使得一切都有些不一样了。比如，鲁志脸部的弧度，他对许娜挑衅的姿态，他言行的非典型或典型性，他带着性意味的侵袭等；许娜的长发许娜的美丽无助许娜的凄落神色……突然之间深深触动了全社会女人心底那无法抑制的部分，瞬时呼啦啦倒向了许娜一边。本来常规状态下，不一定所有女人都支持许娜，甚至有幸灾乐祸发生。但这回不同，也许是到了情绪的某个共同临界点，激起了全社会女人的愤怒。

女人们纷纷走向街头抗议，对男人质疑声讨的大字报越来越多。“粉红帮”开始重回女人们的视野，大有一呼百应之势头。

鲁志—许娜之事的发生，有将社会上女人中普遍弥漫的自责愧疚之心转为与男人全面对抗的趋向。

棉纱敏锐地意识到，这是一种不好的信号和路径，如此下去男人革命恐怕要付出大的代价，弄不好甚至满盘皆输，这不是一种划算的方式。同时，鲁志的行为还体现出一种与男人革命不合拍的东西，即鲁志一类人实际上是对女人还感兴趣，这对男人事业是不利的。

棉纱必须处理鲁志，以达到一箭双雕的效果：压下女人们的怒火和质疑之势，切断少部分男人对女人有意无意中的藕断丝连。后续更重要的，将斗争转到女人之间。这成为运动的一个节点。

鲁志事件使得棉纱们重新思考，及时调整战略，扭转局势，并最终使之不可逆地发展下去。

棉纱决定进行严打。

鲁志被游街示众，那种场景多年以后仍令人难以释怀。他被五花大绑，他被“喷气式”批斗，他被于各处巡行展示，之后被执行枪决。

这下子，女人们鸦雀无声了，对鲁志惩处之重出乎女人们所料。许娜的情绪由惊吓直接跳到了惊吓。抚慰也算抚慰了，但更多的是惊吓。凭良心说，鲁志罪不该死，还不至于被枪决。他一死，女人们似乎有话说不出来了，这种跨度太大了，一种情绪到另一种情绪没来得及转换就被噎了回去。本来是不吐不快，但女人们吐不出来了。

以鲁志为标志的严打开始后，一系列犯了小事的人都被严厉打击。有的人甚至因为不成理由的理由被枪决，无论男女。如，偷了几元钱的东西；抢了别人一顶帽子；甚或因为眼神暧昧……相比之下，鲁志的罪还算重的了。

棉纱们走在了社会情绪的前列并稳稳地操纵着一切。

接下来的便是顺理成章、水到渠成、随手拈来了。

一个叫“艳女迷魂党”的被刻意拿来无数倍渲染放大。“艳女迷魂党”的出现适时为男人集团提供了靶子和借口。

“艳女迷魂党”是指出没在旅游区的一些打扮冶艳的性感女郎，通常几个人一组，到处勾搭男游客开房。如，在当地酒吧寻找猎物，向男游客抛媚眼引人上钩，然后假装谈价开房办事，实则为进入男游客房间，下手洗劫。

她们在自己身体的某些部位涂上无色无味的迷魂药水，男人一旦接触她们的身体，即会不省人事。迷魂药水成分未明，被怀疑是一种麻醉剂。艳女们多采取“速战速决”的方式掠光男人财物，抢在被害人苏醒前离开现场。

“艳女迷魂党”的恶行招致全世界声讨。

被抓获的“艳女迷魂党”成员出面声明，其行为是受了“粉红帮”的影响。更有艳女对其为“粉红帮”成员的身份言之凿凿。为澄清真相，“粉红帮”进行了认真核实与调查，“艳女”只好改口说她曾参加过；“粉红帮”再度追问之下，“艳女”又说她是曾想参加……

虽然一个又一个事实不成立，但社会厚重的情绪被引导了，势与场已至此，印迹水一般渗透着。“艳女迷魂党”还是被认为与“粉红帮”有关，甚至就是“粉红帮”的一个分支。“艳女迷魂党”的行径还是被安在了女性抵抗组织“粉红帮”身上。在那股莫名涌动的氛围之下，社会上普遍的结论为：无论如何，“艳女迷魂党”与“粉红帮”脱不了干系。

“粉红帮”澄清事实的发声完全被淹没和忽略。

棉纱成功地将“粉红帮”与“艳女迷魂党”混为一谈，并以此名目对“粉红帮”进行清剿。

“粉红帮”四处躲避逃亡。

以棉纱为代表的男人们开始下一盘很大的棋，他们会“温水煮青蛙”，会适时引导舆论和情绪；他们对女人拉一批打一批，将矛盾一个一个解决，堡垒一个一个攻破。

以婆媳大战为先导。

以婆媳关系为突破口和先锋的女人大战充分展现了棉纱们的智慧。护子战儿媳的“大妈帮”成为时代弄潮儿。“粉红帮”领袖古丽在此之前，与前婆婆相处尚好，但运动发生后，遭到前婆婆的疯狂追杀。

婆媳矛盾古已有之，不挑都有，如果加上社会的怂恿、儿子们的鼓动会是什么结果，正如滔滔江水一发不可收拾，婆婆们的委屈、深仇大恨等等喷涌而出。

这场战争轻而易举，婆婆们乐得响应，积极踊跃地站在儿子一边对抗媳妇或前儿媳，她们全力查找媳妇的各种罪状，如与“粉红帮”有关或其他疑点，不把儿媳弄进监狱甚至置于死地誓不罢休。经此一役，成果显著，在婆婆们“大义灭亲”的不懈努力下，有大量儿媳或前儿媳被送入监狱、集中营，不少被判了死刑。婆婆们大获全胜。

“大义灭亲”运动中涌现了无数可歌可泣的事件，如，其间催生的副产品：母亲与女儿的“大义灭亲”之战。这是令人始料未及的新鲜事，像把一全然不同的地下之物翻出表面，并细细公然地发生。婆婆们的动力容易理解，母亲对女儿的愤怒就有些难解了，连她们自己都没料到对女儿有如此深刻持续的不满。就这样，在“大义灭亲”运动中，婆婆战儿媳为主流，但母亲战女儿也逐渐浩大起来。

一切尽在掌握。事情的发展有条不紊。

不过，接下来的问题是：不少男人与母亲的关系更牢固了，这与男人总体目标相左。

为破解男人与母亲的亲密关系，这段时间关于老女人的说法多了起来：“老太太是最难缠的敌人”，“老女人是社会落后的总根子”等等。同时配合一些社会事件加以深化。如一老太太跌倒在地，好心男子将她扶起送去医院，她却反咬一口讹上男子，声称是他撞倒了她，且上诉法院向他索赔。男子有口难辩，被迫赔款十几万元才算了事。棉纱们以此为例来剖析老太太阶层的卑劣。

再如，少女杀祖母事件。少女妞妞高考前夕，因奶奶执意看电视制造噪音等行为倍感折磨，最终不堪忍受此种“精神迫害”，愤而杀死奶奶。

棉纱们对舆论的引导：在谴责少女的同时，着重渲染奶奶的可恨和自私。以此为契机“批女儿、斗母亲”，切断男人与母亲、女儿间的亲情血缘关系。

另一件就是少女当街踢父事件。一个十三四岁的少女在大庭广众之下对父亲拳打脚踢，父亲却一脸隐忍打不还手，引起众人对少女的愤怒。背后的事实是：父母离异，女儿随祖父母生活，在老家上学；父亲剥夺女儿上学权，强行将女儿带出，让她随他打工为他干家务，喝醉了酒打她。女儿忍无可忍当街踢他，力争回老家继续学业。此事被放大的造型：父亲面对众人可怜巴巴的样子，以及女儿对父亲拳打脚踢的忤逆行径。其树为典型之处在于说明女儿是多么地不地道，父亲与女儿的亲情毫无意义。以此来清除男人与女儿间的关系纽带。

这段时间还着重解决了男人在各种关键时刻总是本能地喊“妈呀”的问题。“妈呀，妈呀”的，这种叫法太不合潮流太丢人太落伍太不前卫，是在给男人运动抹黑，无意识中体现了男人革命的某种不彻底性。经过男人们认真全面慎重的讨论、仔细研究斟酌后决定，以后一律改为“棉呀”，以彻底肃清流毒断绝后患。

运动发展到这个阶段，不可避免地产生了一些困惑和把握不准的问题，许多疑问和概念需要澄清，以确保运动发展的正确方向。

针对运动中的各种状况，棉纱等男人精英做出了一系列解释和规定，出台了《名词解释》和《关于N条疑难问题的解答》等。

名词解释。如，什么是“形男实女”。形男实女，即表面是男人，暗地里却站在女人一边，或对女人有某种认可同情；也包括表面站在男人立场的女人，暗中相反或有所动摇。

批判“形男实女”重在解决男人中的不坚定者。如，与女人藕断丝连，包括与自己的母亲、女儿、妻子断得不坚决者。同时，也是要挖出隐藏于进步假象背后的有问题的女人。

“形男实女”概念的提出，是要人们辨别是非，透过现象看本质，抓住漏网之鱼。

棉纱在文章《论动摇》中彻底批判了男人、女人中的动摇分子。棉纱将动摇分子分为：机会主义、改良主义、折中主义、调和主义、温情主义、宗派主义……这些人明里站在男人立场实则消极抵抗、歪曲、抵制，在运动中走过场，虚与委蛇，做表面文章，对男人事业危害是很大的。

棉纱还特别批判了运动中的庸人。这种人自私自利，遇事我字当头，小算盘打得叭叭响；眼界狭窄，宗派习气浓厚；八面圆滑，墙头草，哪面人多往哪跑。这样的人不仅是祸害男人运动还会自食其果葬送自己。

棉纱号召道："在尖锐复杂的男女斗争面前我们应做革命的闯将，不做平庸小男人！"

解答有关N条疑难问题。

"斗"和"批"有什么不同？什么是可教育好的女人？如何给出路？……

"斗"是敌我矛盾，要坚决打倒在地并踏上一万只脚，让她永世不得翻身。"批"则要分情况，一种是内部矛盾，经过批评帮助教育将之转化到正确的道路上来，并起到教育大众的作用；另一种是批评后还顽固不化的，就要对之从"批"转为"斗"了，对这样的人绝不能手软。

对低头认罪、积极检举揭发异议分子、揭发"粉红帮"的女人可给予一定的出路，视为可教育好的女人，并于必要时树为榜样。

什么是"怀疑一切"？

怀疑一切，指的是怀疑有关女人的一切，如男女相爱并不是天经地义，孩子并不是女人才能生……等等，但关于以棉纱为中心的一切不应怀疑。大家应站在棉纱为代表的正义和真理的一边，对棉纱为代表的大多数男人不应怀疑。

……

棉纱对人们的基本要求：要忠诚老实！对大是大非面前立场不坚定的男人，将视为“粉红帮”同党予以坚决打击。

幸好这类男人是极少的，几乎可以说没有。

男人都是趋利避害的，不是吗？

棉纱的内部讲话：“反面的意见可以讲，讲了以后我们就有了对立面，才好斗争，才好教育。让她讲话和让她存在是两件事情，不要混为一谈，讲是让她讲，就是不让她存在，要把她驳掉。”“牛为什么要长两只角？就是要斗争！男人要同女人进行坚持不懈的斗争。”“木马计告诉我们，要从内部夺权。对女人就要如此。”

棉纱还发表了论“女人其实是罪本身”“女人是万恶之源”“绝不该给女人以普选权”等等一系列文章。从夏娃开始论起，到女巫等等进行全面佐证。夏娃开始了人类的苦难，之后历史上有女巫辈出的黑暗时代。“粉红主义者”就是当代的女巫，必须被铲除。现在人类社会到了最危险的紧急关头。“粉红主义”对世界的危害罄竹难书，是地球的垃圾、人类的罪人。历史上的大倒退都是女人祸乱的结果。无论海伦还是褒姒、潘金莲等都是如此。

每个人都要“表态”，要挨个儿过关。

棉纱面向全世界女人发出通告：揭发检举“粉红帮”“粉红主义者”的能划为“可教育好”的女性之列。大家都动员起来积极行动起来，踊跃投入到革命洪流中去，广阔天地，大有作为，一起捉拿、消灭“粉红帮”及“粉红主义者”。

继“大妈帮”后，“中年妇女帮”“少女帮”“幼女侦缉队”等响应棉纱的号召纷纷出现，以揭发打击“粉红帮”“粉红主义者”为目的。“大妈帮”的特色是“奸”，经验丰富老奸巨猾；“中年妇女帮”以“毒”为特色，蛇蝎手段花样翻新；也不要小看“少女帮”，“少女帮”特色是“狠”，虽青涩却狠得出人意外且没有底线，是成年人想不到做不来的；“幼女帮”迷惑性最强，特色是“辣”，令上当者出其不意、悔之晚矣；有不少“粉红主义者”栽在了这面如天使的小毒物手中。

小区中的大妈、小女孩们警惕性很高，随时注意侦察敌情，还会机智无比地麻痹可疑的“粉红分子”，竟相找机会揭发告密。

大妈们或兴奋或正经地谈论着女人的危害，仿佛在谈论与她们无关的什么生物，小女孩们走到街上大喊打倒女人的口号……

古丽们的“粉红帮”处于被围追堵截四面楚歌的境地，只能于“地下”艰难生存。“粉红帮”的发声很微弱，完全被男人屏蔽和压制。

（二）她们

翠翠今天同往常一样进博雅小区收废品。

翠翠被老乡从村里带来这里几年了。平时驻扎在小区外，博雅小区的业主是他们的主要客户，时时根据需要登门入户。这是一个很大的小区，除少量别墅，主要由不同大小规格的公寓组成。来来往往几年，翠翠逐渐熟门熟路了。

这一天看起来如此平常。树叶没有一丝抖动，阳光暖暖地洒了一地。世界安适着，一切显得风平浪静，遛狗的，闲聊的，打招呼的，带孩子的……日子稳稳地行进着，看不出何种慌张、涌动、端倪。

翠翠不知道，这是怎样危险的日常生活，她毫无准备。

几个人先后来了，一天之内如此齐全，这是从没有过的事情。

最先来的是古丽。

她是带着一股风来的，有些匆忙、凝重的味道。她的气场显而易见，即便不露声色，那种感染力、吸引力还是能轻易俘获人心；即使刻意隐藏，也有一种无法忽视的令人肃然起敬的东西在。她天生具有一种莫名的感召力、带动性。一般人是有一把钥匙开一把锁，她则仿佛有多把钥匙能开各种各样的锁。她令人信任，三言两语即能打开人的心门。她构成了真正的说服。

古丽来了，翠翠不自觉地就要为她着想、对她有好感，如同一种彻底的心甘情愿的跟从，那是一种心悦诚服说不出来的东西。

古丽住的是小区中的大套公寓，室内不是承重墙的部分都被主人打通了，几个空间的面积合在一起，看起来开阔大气，比别墅还宽敞。家居风格简约实用，颇显极简主义风尚。

家中物品有彻底挪动的痕迹，主人好像要出远门的样子，杂七杂八的废品量大质优。翠翠高兴这是一次好的收获，同时又为古丽可惜。她好心提醒古丽，有些东西当成废品卖很划不来，若去旧货市场等地方可卖更好的价。古丽婉谢了翠翠的好意，且另外拿出一些送给翠翠，由翠翠自己随便处理。

后来翠翠才知道，古丽是“粉红帮”领袖，是社会全力捉拿的对象，那天是她最后一次见到古丽。

翠翠觉得后怕而忐忑，不仅是这样一特殊人物竟与自己如此近距离接触过，而且……但……总之，她的感受复杂难言且无法为外人道，只能当成秘密深深埋入心底。

当天，古丽之后，来的是“白富美”许娜，这是破天荒头一回。自鲁志—许娜事件后，许娜成了小区的名人，就很少抛头露面了。许娜居住在小区中的独栋别墅，虽翠翠不止一次去收过废品，但都是许娜的保姆带路。只是不知何时起，许娜的保姆不见了。

许娜袅袅婷婷，心不在焉地。她真的是个大美人，翠翠悄悄打量许娜，很多男人前赴后继想追求的就是许娜这样的女人。翠翠亲见一些“优质男”为许娜在小区内外出没的各色姿态、情景。

许娜的家非常奢华，在翠翠看来，处处显得尊贵无比高不可攀，亮花了她的眼。许娜似乎对卖废品并不上心，也没多少东西好卖，随便拿了些而已，但送了几件不要的东西给翠翠。翠翠觉得自己今天很幸运，这到底是怎么了？许娜还放下身段向她打听古丽的事情，她一五一十地说了，许娜表情严肃若有所想。

之后发生的事：翠翠一离开许娜家，许娜就举报了古丽；虽最终被古丽逃脱，但许娜算立了功。

第三个来卖废品的是李青。她戴着副眼镜，浓浓的书卷气扑面而来。李青住的是小区里的标准套房，满屋子满眼的书，整墙整墙的，从地上一直到天花板，看得翠翠眼晕，这得多有学问哪！翠翠初中未毕业，李青不仅是博士还是个知名社会学者，翠翠觉得对李青须仰视才见。李青对翠翠一向客气，照例送了几本不要的书给翠翠。虽然翠翠知道客气中的距离感，但还是受用的，她觉得自己得到了尊重。李青也向翠翠打听古丽，翠翠没有设防地说了。

后来，据说李青也去举报古丽了，但因被许娜抢了先，算错失良机。

李青之后，来卖废品的就是老教授家的保姆小芹了。说起来小芹还算翠翠的老乡,虽然不是一个村儿的。翠翠最怵的就是小芹。

小芹对翠翠吆五呵六的。那是一种仿佛抓着她把柄式的东西，那是一种知根知底的对待，就像她的克星。小芹仿佛是特意把李青等人对待翠翠文绉绉的方式彻底打翻并扔在地上践踏，在小芹这里，翠翠有瞬间落至原形之感。

小芹高中没毕业当了保姆，跋扈而不愤，长着一张清秀的面孔，却时刻一副打架不要命的气势。在那种气场中，翠翠恍然觉得自己似乎会被小芹撕碎。如果一眼能看穿两人是什么动物，那么小芹应该是豹子或狼，而翠翠则是骡子或羊了。

小芹照旧呵斥着翠翠，翠翠照例低三下四小心翼翼唯唯诺诺地收完废品，照例还要被小芹克扣一些才算罢了。

翠翠知道小芹在教授家的地位不同寻常，小芹是来负责照顾教授瘫痪在床的绝症妻子的，而70多岁的老教授与保姆小芹不仅暧昧似乎还有点怕她。

小芹倒没向翠翠打探古丽的事，显然她现在有更实际的目标——教授家的财产。

这一天就这样过去了，古丽的飘然而去，许娜的警觉，李青的微妙，小芹的咄咄逼人。

古丽在这一天是侥幸逃脱的。

说起来古丽和许娜曾经同事过，都曾属“白骨精”（白领、骨干、精英）之列，两人并没什么过节，但在大是大非面前，许娜肯定不会含糊的。

举报古丽第二天，许娜去取订制的晚礼服。一路上，发现自己常去的各大品牌店，爱马仕、香奈儿、迪奥、prada、LV等纷纷停业撤店。女人健身馆、化妆品店等关闭，高级会所不再对女人开放，电影院歌舞厅等娱乐场所关门，球赛也禁止举行了。

许娜没有接到晚宴取消的通知，压抑的心情存着一些期许。

她对这件高级订制比较满意，蜜藕色紧身晚礼服全然现出她曼妙无比的曲线，配上天价的翡翠首饰，非“一顾倾城”不足以形容。尽管世道变了，她的心中有着遮不住的隐忧，但她相信，她自信，在男人这里她永远能有一席之地。

许娜没有想到，自被鲁志袭击事件以来，这个晚宴是她最后悔的事。

还未进门就发现气氛不对，一种说不出来的莫测诡异。

熟人们在，但一脸的难言无措。有熟人没来，如果不是凑巧有事就是因为知道了什么，但显然不便外传，因此许娜在内的多数人都不明就里。

现场有不少陌生人，怪模怪样的，其中一个倒见过，是博雅小区老教授家的保姆小芹。这些人平时离许娜的生活圈子十万八千里，今天为什么在这儿？而且不仅仅在这里，还成了当仁不让的主角。

接下来进行的当然不是什么晚宴了，是斗争恳谈会。虽然冠名“恳谈”，还是以斗争为主。小芹等人与许娜们是主客体关系。许娜们都成了批斗对象。许娜经常遭女人恨，也遭男人恨，如鲁志类男人。斗争许娜不是难事。小芹早就看不惯许娜了，她觉得自己也是漂亮女人，凭什么与许娜过着如此不同的生活。

许娜们不仅被批斗，华服首饰还被现场充了公。许娜们被弄得心惊胆颤，一时间搞不清状况。

此次惊魂“晚宴”极大震动了许娜，远超过了鲁志事件，引起许娜痛彻心扉的深思。看来世道真的要大变了，如果不跟上时代脚步，她会被小芹这种“屌丝女”踩在脚下，这是她无论如何不能容忍的。许娜决定更加积极地寻找古丽“粉红帮”线索以立功赎罪，重新确立自己在这个男人主导的社会中的地位。

“晚宴”事件对许娜的刺激无与伦比。只是她没想到，这一切仅仅是开始。

李青举报古丽也想立功的，结果被许娜抢了先，很是气恼。

李青一直对许娜不感冒，认为她不过靠副皮囊受宠于男人，获得了过多利益。

李青敏锐地意识到，目前社会面临着重新洗牌的重要机缘，处于彻底变动的历史时刻；运作得好，许娜倒霉、李青上位的前景在即。

前期，在众男人控诉女人潮流来临之际，作为社会学者的李青充分展现了她的聪明才智，立即将自己的研究项目转为“男人受女人伤害历史及现状的研究”，抛出了一系列有影响的文本，其中最著名的就是：《论当代女性对男人的精神摧毁》。

李青在文章中指出，女人对男人这个看似强势的生物群体的打击、伤害、摧残是令人发指的。尤为惨烈之处在于，这些是在暗中进行、杀人不见血的。女人表面披着弱者的外衣，实质对男人实施的是法西斯暴政。家庭中的女人经常对男人进行经济、精神、肉体等各种制裁。各种心理暗战折磨得男人生不如死、暗伤无数却投诉无门。女人们冷热暴力并用，使整个家庭笼罩在白色恐怖气氛之下。与女人作伴就是与老虎为伴。男人受到女人多重盘剥，早被压抑得奄奄一息，是真正的“压力山大”。李青在文章中感叹：每个跟女人同住一个屋檐下而没有被迫害致死的男人都值得尊敬！每天早上，能从家里活着走出来的男人都是成功人士！

之后，李青不断发出“一定要保护男人！”的呼吁，同时对自己独创的“男人一向受女人迫害”理论进行全方位充实发展。

李青的得意之笔在于，完成了从理论到实践的创举：李青成立了“保卫男人志愿者学会”，后发展为“保卫男人志愿者协会”。她自认比许娜棋高一招。这也许是个少有的，美女不比丑女占优的时代，李青为自己的判断而欢欣鼓舞，觉得有利自己的历史大时代来临了。

李青与许娜每天费尽心机打探古丽“粉红帮”的消息，作为邻居、熟人，李青和许娜都认为自己最有机会立功。李青甚至对许娜也进行了尾随，许娜则以眼还眼以牙还牙。博雅小区的空气里到处弥散着蹊跷、狐疑、伺机、诡异的味道。

古丽完全是侥幸逃脱的，她尽管谨言慎行时刻保持警觉，也没想到李青、许娜等女人对她的出卖如此彻底而凶猛。她虽逃脱，“粉红帮”的损失还是造成了，某些没来得及销毁的文件被李青、许娜截获，送到男人手中。

这样的危险是从未有过的，日常生活中的每一细处都惊魂动魄玄机四伏，冷峻、骤然、无从防备。古丽很难相信这些女人中的任何一位。她与她们每个人都没有过节，都曾友善相处。但时代不同了嘛。

李青的“保卫男人志愿者协会”果然影响很大，得到了棉纱的首肯，李青一时风头无两。众多女人竞相参加“保卫男人志愿者协会”，许娜、小芹、翠翠也都纷纷加入。

事情的发展轰轰烈烈，但不是目的。李青、许娜这类“精英女”毕竟令男人心存芥蒂。

接下来的轻而易举，许娜与李青之间斗得不亦乐乎。显然一贯受宠于男人的许娜不会对一时得势的李青服气，李青的些许不慎皆会成为许娜上告的把柄。李青也乐得利用自己当红的优势，集中火力专心致志整治许娜，力图一招制之于死地，以泄自己多年因外貌平平受男人冷落之郁。

李青与许娜间的战火硝烟弥漫，从暗战到明斗，从办公协会到住宅小区，连收发室大妈、电梯小妹都看出了端倪，且自觉不自觉地卷入其中了。眼看着要两个帮派了，差一点就另竖大旗两个主义了。

李青没想到斗争如此艰苦，原以为略施小计、半个回合就能分高下、几个招式就能拿下的，现在变得无比迷离，莫测难料。每每以为胜券在握时，都会被许娜出其不意迅速扭转，或在下一局加倍扳回。设局、破局、谜局、局中局、谜中谜、计中计、反间计、连环计、将计就计、宫心计、办公室政治、上层道路、群众路线、声东击西、迂回包抄、正面出击、左右夹击……甚至涉及现代化刑侦、盗窃、讹诈等诸种令人匪夷所思之招式。如果两人披挂着战袍，那应该是把从古至今不同时期的样式都穿了一遍，大战了无数回合，多么复杂的手段都使了，脑细胞不知累死了多少，却谁也无法棋高一着。尤其令两人没想到的是，最后一战使得之前的一切显得没有意义，它回归了原始时代的原始方式：赤手空拳肉搏。

那个场景人们至今都记得。李青、许娜是在协会的走廊里意外相遇的，面对面无法躲避，半语不合就打了起来，两人的默契之处在于同一节奏动手，像有人给打拍子指挥似的。那真是两女见面分外眼红，似有仇恨不共戴天。两人不顾一切厮打在一起，都恨不得将对方撕烂。全然一副决斗范儿，仿佛要决一死战。

两人撕扯之惨烈，抓挠之凶狠，蹬踹之执着，吼叫之凄厉都给人留下了深刻的印象。李青与许娜的打斗是全方位立体的，两人时立时躺时歪斜，或咬或骂并煽踢，在走廊里一路厮打辗转；两人的造型五花八门的，时动时静，有时翻滚横扑，有时支巴劈叉；其中一个造型持续了许久：两人摔倒于地上，揪扯对方不放，且双手双脚绊在一起互相掐勒，谁也无法摆脱。

李青没想到，在鲁志事件中可怜兮兮的许娜，与她打起架来却是风生水起，一点不弱势了。两人打了个平手，谁也没得着便宜，都衣衫不整丢盔卸甲的，也都挂了花。这对两人来说是从小到大的第一次肉搏，这两个四体不勤的女人现在棋逢对手了。打着打着，两人还灵感附体地模仿泰森的样子试图拳击，且加上了咬耳朵的动作……

俗话说，完全没有套路也是一种套路。

李青与许娜的打斗不可谓不惨烈，两人的斗争不能说不凶险。双方斗智斗勇，从高级到低级，从智力到体力，甚至进行了肉搏。但毕竟力度广度厚度速度还是远远不够的。很快，在棉纱的亲自倡导下，更加轰轰烈烈的“阶层”之斗全面展开了。

李青与许娜走廊打斗的第二天，事情整个发生了改变。两人不分胜负的肉搏成了她俩之间有机会进行的“最后一战”。

所谓“阶层”之斗，就是阶层之间的斗争。显而易见的是，李青、许娜被划入压迫阶层，小芹翠翠归于被压迫阶层。这一下子，情势呼啦啦迥然不同了。

“阶层之斗”倡导的是被压迫阶层起来批斗压迫阶层，近似于许娜曾经历过的“晚宴惊魂“的扩大化和升级版。

小芹是很快积极起来的，这对她有点轻车熟路的感觉，迅速适应并如鱼得水。小芹对许娜们嫉愤许久了。但翠翠不是，一直以来她最反感的是小芹，尽管是敢怒不敢言。

通过男人的说服教育及一系列配套举措，翠翠的思想在逐渐转变，并发现了一个全新的自己。

鼓动被压迫阶层女人打倒压迫阶层女人，前者可以抄后者的家并翻身做主人，这是怎样巨大的诱惑和吸引力呀，谁能抗拒呢？

对小芹们来说，有机会轻易获取从前想都不敢想的财富，这样的动力何其强大。

翠翠一直视博雅小区为天堂，如果可能住到里面，她愿意付出任何代价。

小芹破天荒正脸瞧了一下翠翠，翠翠颇有些受宠若惊的。

翠翠很快与小芹站到了一起，毕竟利益一致了。

当小芹抄了许娜的家，将那颗令人惊叹无比的鸽子蛋大的钻戒拿到手中，周围的一切都不存在了。还有什么可以阻挡，有什么可以阻挡小芹们革命的脚步？尽管这类财物最终还是“被上交”了，但那种瘾，那种令人精神恍惚的幸福感，没经历过的人是不了解的。

小芹现在可以尽情地骂许娜了，不仅骂还可以打可以使用各种虐待羞辱的批斗方式。小芹骂许娜是打扮妖冶的婊子，是风骚是卖弄性感，边殴边辱：“看你还狂不，看你还炫富不？”……

小芹整治许娜的路数残酷极端而多样。在这方面，小芹仿佛有着永不停歇的创造力。

许娜对付李青的那些东西在小芹这里全然派不上一点用场，这是社会性整体的力量，这是无法阻挡的时代大潮。

其实，许娜还没完全缓过神来，她尚沉浸在与李青争斗的意境里无法自拔，却发现斜刺里突降险境，她还来不及转换，她已无力招架。

许娜被小芹凌虐惨死。

翠翠小芹们的“一转念”，事情就完全改变了。

翠翠本来觉得自己对李青没什么可恨的，找不出毛病也下不去手，后来她觉悟了。

那天，她心里对李青冒出一个自己从没想过的字来：“装”。这个字很有用，一下子使她整个人理顺了通畅了。她发现自己内心深处实际上是讨厌李青那种知识分子清高劲儿的，那是一种表面客客气气实则拒人于千里的冷漠、轻视。

翠翠对李青的“装”越来越恨之入骨。从“装”字变成“装叉、装比、装B”乃至“装逼”，翠翠终于解放了、狂欢了：“装什么呀，她李青有什么了不起的？！”当“装逼”这个词一出，翠翠彻底痛快了，批斗李青不再有任何犹豫、羁绊和思想负担了。她没想过自己一生中还有这样扬眉吐气的机会。祖坟冒烟了，大富大贵了，终于得解放了，翻身做主人了，脚踏“装逼犯”了。

翠翠转变后瞬间发挥了巨大的潜力，进步奇快，迅速从一个老实本分的女孩无师自通地奇诡起来。李青完全认不出那个曾一脸崇拜、一口一个姐地叫她的农村女孩翠翠了。她自认一向对翠翠友善，没想到翠翠对她的怒气一日胜似一日，对她的羞辱和折磨更是花样翻新。翠翠很喜欢打掉李青的眼镜，翠翠发现李青的眼镜一掉就完全变成了另种狼狈的样子，那是一种原型的显露，更丑更蠢了，这是一个祛魅的过程，这个过程搞得翠翠很开心。翠翠对李青的揭发：“太能装了，整天端着，就是一装逼犯”。翠翠还学会了一个新词放在李青身上：“闷骚”。翠翠呵斥李青：“长这么丑，再装逼再闷骚也没有男人看得上你！”翠翠显然忘记了自己的长相，只想怎么痛快怎么说。

将李青的威风扫地，将许娜的奢华身家抢来，将权贵阶层的一切变为己有，这种诱惑谁能抵挡。

许娜死后没几日，李青也死了，是翠翠的手笔。

翠翠、小芹因运动中的积极表现脱颖而出，继李青后扛起了“保卫男人志愿者协会”的大旗。

接踵而至的是另一风潮，其厚度广度震撼度丝毫不亚于上一拨。

李青、许娜类“精英”被灭后，现在进行的是翠翠们与小芹们之战了。

按常规来说，曾经憨厚老实的翠翠远不是小芹的对手，虽说翠翠早已脱胎换骨，但无论手段、凶猛度还是历史的惯性，小芹都如同翠翠的克星，体现出一物降一物之感。

不过，这次不“常规”了，这是一场男人发起的丑女斗美女的运动。口号表达得很清楚：“丑女是被压迫者，美女是压迫者，现在是时候改变了。”

女人们尤其是自认相貌平凡的丑女们哪里抵挡得了这样的召唤，纷纷激动不已、迅速地疯狂了，这是她们的软肋啊，这是一语中的呀，这是她们的渴盼呀；还有什么能够阻挡，丑女们的向往？终于丑女们也有春天了，有史以来，第一次女人因为长得丑有了自豪、骄傲的感觉，有了优越感和使命感。真正的扬眉吐气了，真正的当家做主了，这是开天辟地的大事，是了不起的壮举。

丑女们欢欣鼓舞，清算、斗倒美女的事业蓬勃发展。

公认的美女、丑女谁斗谁就很简单了，但很多不美不丑的就不好办了，尤其是公说公有理婆说婆有理的，谁来评判？谁有对美丑的最终话语权和裁定权呢？

一个由男人组成的专业评估机构产生了。机构采取打分制，分值以百计。60分以下算根红苗壮的丑女，60至75分叫相貌平凡，属于中间派。75分以上叫有姿色，85分以上就算美女了，95分以上算地道美女，100分为极品美女，极品美女往往离极刑不远。

当外貌无法确切评判时，机构会综合多种指数，如从前受异性欢迎的程度等，较受欢迎的被判貌美，即有罪。

分数越低越光荣，真理在丑陋者一边，丑陋者最高尚。

能不能找找关系走后门打个低分呢？或者做个整形弄丑些？这是行不通、划不来的，一经查出就是罪上加罪，必被严惩。

女人们脱罪的唯一方式是揭发检举她人，如果有重大立功表现，如发现“粉红帮”的有关线索等，则有可能降低分值，将成分从“美女”改为“丑女”，并允许你通过整形等方式变丑，真正步入具有道德优势的丑女之列。

对虽未整形但偷偷将自己弄丑的，机构将结合她过去的照片及多名证人证言，判定貌美，即有罪。如果以前美现在丑了怎么办？比如年纪增长或生了病等。这要具体情况具体分析，要看她本人的表现，如果积极揭发她人有立功表现，可以按“丑女”算，否则成分将被定为“美女”。

总之，积极揭发她人有着广阔的发展空间和巨大的市场需求，它是女人们脱罪的唯一指望。

在众多找机会立功的女人们虎视眈眈的目光之下，哪里敢走后门、整形呢？谁会傻到越雷池一步、牺牲自己成全她人呢？

“粉红帮”更是地下得不能再地下、边缘得不能再边缘了；因为有一丝苗头、一点风吹草动就会被揭发告密，整天变着法儿地想拿它脱罪邀功的女人太多了，疯了似的。

话说小芹原本是极难对付的，翠翠各方面都不是小芹的对手，可事过境迁呀。翠翠的优势是小芹没法比的。

翠翠比小芹长得丑，这就是最大的正确最大的资本。翠翠的相貌被估值为57分，成功列入了根红苗壮的正宗丑女之列。小芹长相清秀，被评为85分，这就天生有罪了。

小芹当然是不甘心的，她从多方入手试图证明翠翠与“粉红帮”的关联。如，古丽曾送东西给翠翠，翠翠疑为“粉红帮”的卧底等等。

小芹差一点就成功了，但就差了那么一点点，还是太不占据天时地利人和了吧。翠翠转危为安，事态迅速扭转。

翠翠重拳出击、痛下杀手，小芹狼狈不堪、走投无路。

被处决的前一天小芹意外得以出逃，几经辗转投奔了“粉红帮”。

自鲁志—许娜事件男人们策略转变，女人就开始忙于不停歇的内斗了。那段时间的混乱不堪是旋涡中的女人们艰于应对招架的。男人们七扯八拽声东击西，女人们于迷雾中挣扎浮沉。男人将女人们挑动得很细，任何一点差异都能成为其借力点，如肤色的深浅、年龄的大小、美与丑，财富多寡、文化水平、社会地位的高低等等。拉一批打一批，每次都有冠冕堂皇、极具真理性的名目，相当吸引人、令人激动不已。有差异就有斗争，这种能量就流动起来了，且自动按男人们的意愿旋转起来。

有女人说我不参加行不行？当然不行，也没有可能。女人的生活通道这时已被局限得很狭窄，早没有了逛商场看演出这些事了，只剩下斗争，被人斗、斗别人或斗完别人再被人斗等几个有限的选择。没有人能超然事外。你不斗人就会被人斗，被人当成邀功请赏的工具。你不积极揭发参与斗争，就可给你扣上消极、立场不坚定的帽子，进而挖出你思想落后的“总根子”，再配上一些似是而非的“证据”，灭掉你是分分钟的事情。

整日躲在家里会被人举报消极对抗，若翻出一点与“粉红帮”有关的影子，哪怕不着边际也足可定罪，如使用过粉红用品等，那就彻底完了。

不仅躲起来不行，还必须保持亢奋。亢奋中还要时刻亢奋准确，否则一不留神掉到哪个沟里井里的也是死无葬身之地。

“保卫男人志愿者协会”名闻遐迩。协会的理论：男人一直以来是受害者，千百年来受女人压迫，男人们辛苦操劳，女人却是不劳而获等等。

“志愿者”中有很多是过去生活中的失意者。这是她们自保的机会也是人生翻盘的机会。这个时代对很多女人来说是垂头丧气的时代，但对某些女人来说却是极度兴奋的时代。有人看到的是机会，是重新洗牌，有人看到的是别人倒霉幸灾乐祸，一些人为避险，一些人是真诚跟从。

有些女人很狂热，她们为男人做告密者、打手，对男人的理论无比拥护，认为女人天生就不该存在于世。

不少女人对其他女人尤为残忍恶毒，虐杀女人的花样比男人还要繁多、酷烈，曾有一个城市的女人因对“粉红帮”略有同情，被“女志愿者”们一夜屠城。

“保卫男人志愿者协会”后扩展为“保卫男人小组”“保卫男人小分队”“效忠男人小组”等，若干名目组织遍地开花。

时机成熟，接下来就顺理成章了。

男人进行了倡导女人自杀运动。

舆论上进行铺天盖地的宣传，理论上构筑完整的体系，形成了自杀与女性人生圆满之理论系统。自杀是女人人生走向圆满的最佳选择，自杀的女人能进入天堂，赎去生为女人的罪过。生为女人的人都是因为上辈子犯了罪，以自杀赎罪的女人是悔过的女人，能得到上帝的宽恕，下辈子可以优先托生为一个男人。

男人为女人描绘了一幅美妙的天堂图景。

女人的疑问：能不能晚一点再自杀，如等年纪大些或得了绝症时？答：这种贪生怕死者难上天堂，更无法下辈子托生为男人，不自杀的女人会下地狱。

在这个时代，女人自杀典型得到大力歌颂。对不认同自杀观念的女人进行批判讽刺挖苦孤立，对认同但没自杀者进行感化教育。为自杀的女人立贞节牌坊，给予巨大的荣誉。这个时代女人以自杀为荣，认定这是自己人生圆满的最好归宿。这是无法抗拒的巨大诱惑。怎样强大的意志力量才能跳脱出这如洪水般裹挟的一切，如何不被这社会的洪流冲走?当所有人都赞美死亡时，独自一人如何有否定它的勇气和智商?

最先响应号召自杀的是一瘦小年轻的女信徒，眼神中透露出无比的狂热决绝和幸福，浑身上下铺展出巨大的激情、能量。她在自杀前做了大段的演讲，讲她对自己做为一个女人的忏悔，然后当众自裁。她说女人在伊甸园偷吃了苹果，才给人类带来苦难，女人应为自己的原罪负责，为人类的共同幸福而赎罪、献身。她被男人树为英雄、贞女、圣女、圣母，被当作女人们学习的榜样，在全社会推广。

社会上组织了多宗女人集体自杀的仪式。引导组织者有男人也有女人，男人基本是不死的，但也有男人很敬业，为了给女人做榜样与女人一同赴死。女人们如同被催了眠，排着队，被动又主动地，自觉自愿地走向死亡。

众多女性对自己这一性别自惭形秽，不好意思活着；也有女性是彻底的悲观绝望者，因看不到希望而自杀；更有一些女性为活着挖空心思，使出了花样迭出的一切可能的手段。

这批理论风潮社会时尚过后，自杀了相当一部分女人，剩下的都是舍不得放弃生命的了，是无论男人怎么声色俱厉、威胁利诱、花言巧语都要保命的女人。有些女人说，下地狱就下地狱吧，还是不愿意自杀。社会处于固化状态。针对这种状况，男人开始采取下一步行动：为了女人着想，为女人好，为人类更美好的明天，男人要帮助女人自杀。

帮助自杀是有整套程序、相应步骤的，人不同方式不同。如几个男人围着一个女人，轮番用言语轰炸，让女人不好意思不自杀；或动之以情晓之以理，使女人感动得只好自杀；有的是威胁恐吓使女人不得不自杀。逐渐地，这后一种越来越多了，并很快转变为，杀了女人，然后对外宣布此女人是自杀，即“被自杀”。

翠翠是在男人提倡的自杀运动中“被自杀”的。无论如何，翠翠不想死，不愿自杀，在这点上男人说出天说出花来她也不能相信，她是曾经傻过，但她没那么傻，她所做的一切没有底线的行为都是为了能活着，这是她的底线，活着是她的底线。但这不是男人的底线更不是男人的目的。

如翠翠般奋力辗转的女人们，仅仅多活了一年半载的，她们使出浑身解数，最终还是逃不过一死，这是她们怎么也想不通的。

男人倡导女人自杀运动发展到后期，在女人集中营开始了饥饿清洗法，不给女人食物了。

棉纱发表了决定性的演讲、学说。

“一种全新的生活必将诞生”“男人们将推行新的世界秩序，构建史无前例的人类伟大新世界”“我们会迎来一个更加自由美好的未来”

“谁是这世上有用的人，谁又是无用的垃圾？”“谁的存在是人类的负担，谁的存在就可以被剥夺。”“为了大家的利益，有的族类应该消失，这就是女人一族”“我们必须清理女人，清理这地球的垃圾，为了人类的明天。”“对女人必须‘一个也不放过’”“为什么屠杀是必不可少的”……棉纱从生物学、社会学、经济学、现代政治学等角度进行了全面有力的阐述。

棉纱终于面对全世界高呼：“向女人发出最后一击！”

女人们被夜以继日地处决，如一台绞肉机。

在全世界，男人对女人的大规模屠杀呈波浪递进式进行。

女人被屠之况是无比惨烈黑暗的，人类的文字表达不了，唯有沉默，死寂般沉默，沉默得死寂；黑得窒息，窒息得黑过去。这历史上酷绝的一幕在《她世纪》一书中有所记载。

从某种意义上说，这尚不能算作真正意义上的男女大战，而是女人被男人单方面屠戮。

现在女人就这样被打败了，几乎被灭绝，仅存某些残余之女匪散布于世界的各种角落及大地褶皱之所（如香山等处）。就全人类来说，女人基本已被消灭，从纽约、爱丁堡到伊斯坦布尔、好望角……都已是男人、纯男人的天下。

（三）鸡血、耳光、拍花子……

男人建立了男人国，定都巨石阵，在此举行了前文所述的盛大典礼。

这是人类开天辟地的大事，世界掀开了新的一页。男人热烈庆祝自己的思想、理论、实践取得重大胜利。清除女人为地球减去不少负担，地球宽松了，世界变得多么开阔富庶，房屋、土地、金银财宝……这是怎样的一种释放与幸福啊，彻底的身心灵的解放。男人，这全球的胜利者，这新的游戏规则的制定者，这话语权的完全掌控者，终于可以穿尿布装、扎蝴蝶结、用奶嘴喝水了！没有女人这“第二性”在旁边观看限制聒噪，真的自由了、解放了，可以做回真正的自己！

男人们迫不及待开始狂欢。熏风在巨石阵大段旋转，地覆天翻，如同男人的放纵与疯狂。

奢靡的趣味愈发突显。如何宣泄、消耗与狂乐呢。

男人们对珠宝的喜爱达至疯狂状态。他们用玉石盖房子，将麝香混入建筑泥浆和砖土，以黄金、钻石装扮房屋，他们建造钻石宫殿、珍珠宫殿、宝石宫殿、红珊瑚宫殿、翡翠宫殿……

男人的拆房子运动也进行得轰轰烈烈，尤其与女人关系密切的房子，如女人协会大楼等。从宏观上的一大表现就是改造也叫折腾。房子被拆掉再建起来，建起来再拆掉；把地挖开合上，合上再挖开；路边的树全部移走换上别的树，不久又重换一拨，或者把树换成花再花换成树再换成草……

因为拆房子量大持续时间长，久而久之，拆房子成了一种文化、习俗，如，遇喜事要以拆房子庆贺，丧事用拆房子哀悼，打赌、表决心用拆房子为仪式等。拆房子还演变成了一门艺术，形成了一整套的起承转合、韵律节奏，极具观赏性。

男人们时不时就要拆一下房子，不拆房子就不自在了。

还好，男人们没有把巨石阵拆掉，没有把巨石拆下来当建筑材料，没有突发奇想而另拗造型。

男人们镜子不离身，涂脂抹粉，眼线、眼影、口红、香水，到了不化妆就不见人的地步。每天洗脸护肤美容多达二十几个步骤，耗费数小时。男人们互相探讨面膜口红等诸多问题，由衷发出“做男人真好”的感叹，更加感受到如今幸福生活的来之不易。想当初被女人压迫的时代，哪里有机会化妆打扮，男人活得多么辛苦，不仅要买房买车挣钱养家为女人卖命，还要承担着方方面面巨大的社会压力。在那个万恶的年代，男人的一生就是妻奴、孩奴、房奴、车奴……是当牛做马当骡子的一生，是骡子呀，多么令人发指！

当轻风吹起，男人们无比欣慰，女人们终于不见了。往事不堪回首，那时男人的人生灰暗不堪，一辈子都是为别人活着，为女人活着；社会给男人洗脑灌输了太多关于男人“标准”的东西，男人活得像骡子一样辛苦。人生真的要那样吗？！难道男人就不想化妆打扮佩戴珠宝首饰过着不劳而获的生活吗？哪个男人不想被包养，哪个男人的心中不住着一个儿童？

有男人义愤填膺地指出，自古以来化妆是男人发明，从男人开始的；化妆原本是男人的事情，后来却被女人篡夺，成了女人的特权。男人多么可怜，连扎蝴蝶结、穿尿布装的愿望都不能实现不能满足，这是何等的残酷！

忆起过去的苦难，男人们纷纷相对垂泪。

男人的苦难是谁造成的？女人！万恶的女人！

幸好事情过去了，都结束了！男人通过自己的努力终于获得了自由和解放！耶！

男人们经常忆苦思甜，忆起过去还是忍不住泪水涟涟，想到今天来之不易的幸福生活，他们决定要尽情享受，把失去的生活补回来。男人们的口红俱乐部雨后春笋般遍地开花就是典型的表征之一。

这段时间，口红是最密集、最凸显的潮流。

街上随处可见涂着各色口红的男人，七颜六色五花八门的都有。鲜红色流行时间较长，那时的男人们个个都是烈焰红唇。后来也有紫色、金色、黑色、白色等盛行一时。

口红潮之后，虱子意外成为最大的流行。

虱子是这个阶段的特别发现，被当成一种重要事物提上日程。

虱子是寄生于其它动物身上的吸血昆虫，随着卫生状况的改善，虱子从人身上已消失了百年。它是怎么被重新发现的？又如何令男人们对之倾注了不一般的情感、产生极大兴趣的？

据说这源于一个男人的偶然经历：他的衣服上生了很多虱子，起初不习惯，后来对之进行研究，发现了其中不尽的趣味。

虱子是很有意思的，它使人不寂寞，变得更生动。它可以吃，当用手消灭它时还可以发出“哔啵”的响声，这种趣味不是一般的高雅、有品。

人与人之间互相捉虱子能促进良好关系。捉虱子的具体方式还能形成人际关系的不同格局、礼仪，每个细节的顿挫都形成一种“道”，成为一种仪式和象征。如捉虱子的前奏、中起、转折乃至收尾等都有很多讲究。自己一个人静静地捉，几个友人搭伴一起捉，君臣对捉，大典仪式上群体一起捉，音乐伴奏着捉，边开宴会边捉……等等，俗语说，道，非常道也。捉虱子并吃的过程体现了极大的艺术性、哲学性以及关于这个世界的隐秘与暗语；试想当你抬起手，趋虱子之处，这种瞬间、动势隐含了多少可能、韵律、本能和对这个世界的破解。

关于虱子的艺术、哲学、法律及各种理论学说，关于养虱子、捉虱子、吃虱子的套路、规则、花样等在男人国发展出整套成熟体系。

捉虱子吃成为正宗时尚，相互捉虱子是亲切友好的表示，在特定情形下为别人捉虱子也代表献媚、友善、臣服等。虱子比赛风起云涌。养虱子发展出花样迭出种类丰富之形态；吃虱子条规众多，如，配以音乐、酌以小酒……；还有捉虱子论等等。一个虱子能解决这么多问题，可见地位之重要。

各处的虱子旗迎风飘扬，巨石阵也立起了颇具特色的一杆，上面是巨大的虱子图案，将显微镜下的虱子模样全面呈现了出来，美艳动人。

人们送给情人的珍贵礼物往往是一件养了很多虱子的礼服。

棉纱的虱子都养得非常大个儿，显出皇家气派，有专门一干人等为棉纱研制大虱子工程。大个儿虱子是品位、级别和富裕的象征，需要有雄厚实力和背景。虱子越大越多越受人钦羡。

虱子之后，男人国流行打鸡血。据说打鸡血对健康有益，不仅保健还能包治百病，尤其对于虱子流行后人群中生发的某些病症。

鸡血疗法论条：这是一种非特异性的生理疗法，即强壮疗法。它促进大脑皮质起平衡作用，从而产生天然疗能，对一切疾病都有极为显著的疗效，有病可迅速治愈、无病促进健康。它是生理方法没有禁忌症，用不着确定诊断，不需要什么疗程，是养生圣药健康激素。对健康的人来说，打鸡血能使人精力旺盛充沛，时时处于一种干革命的兴奋状态中。

打鸡血的场景蔚为壮观。

男人国各医院设立了专门打鸡血的科室，人满为患，门口排着长蛇般的队伍，人们提着装鸡的篮子或网兜，等着打鸡血。地上遗散着鸡毛、鸡屎，间或有鸡的尖叫声传来。医院不提供鸡，每个人要用自己带来的鸡打鸡血。人们一边排队一边交流着相关经验、秘方和传闻。如，白色、一点杂毛没有，叫声好听，体重在4公斤以上的公鸡可治百病；刚开始啼鸣的公鸡的血最好，雄性激素高；最好选择鸡冠大、身材苗条、脚是金黄色的公鸡；身体雪白、冠子鲜红的鸡比较健康……

打鸡血的方法：从鸡翅膀下把血抽出来，抽取鸡血几十到一百毫升，注射进人体，用肌肉注射的方式，即打男人屁股上。每周一次。

这是一个崇拜鸡血的时代，医护人员互相打，给排队的人群打，人们自学自助地打，到处在打鸡血。“打鸡血”令全地球男人为之疯狂。后来人们认为著名的“禽流感”发源于此。

有段日子公鸡因紧俏而严重缺货，这时若哪个男人抱着一只纯白大公鸡行于街市，都是值得骄傲和绝对牛叉的事情。

后来，男人国上下大面积养公鸡。一个小区一个小区的都散养着白色公鸡，公鸡们在草地上散步觅食，白花花一片蔚为壮观。空中时时有成群的老鹰盘旋，对着这些美味蠢蠢欲动，又是另番浩瀚景象。

打鸡血之余还催生了一个副业——斗鸡。暂时未抽鸡血“闲置”的鸡都被训练成斗鸡。

这段时间还有不少公鸡变母鸡、母鸡变公鸡的事情发生。比如，有的公鸡突然开始下蛋了。据专家分析，也许是打鸡血造成一些公鸡的压力过大，本能地选择躲避和休息，这是生理上的自我选择。

母鸡变公鸡中，白鸡较少，花鸡多点儿。如，一直下蛋的花母鸡突然不下蛋了，开始长出公鸡的羽毛和漂亮多彩的尾巴，每天早晨和其它公鸡一样“喔、喔、喔”打鸣，还会扑扇翅膀，它的外表和“谈吐”俨然一副公鸡的做派。它不和母鸡玩了，变得特别有攻击性。专家分析这与鸡饲料中的激素过多有关。

与女人断绝之后，男人发现原来自己也是有生理周期的，每到一定时候也很想哭泣，对着月亮和哭墙。现在这个特征愈加凸显了，男人们每个月都有这么几天情绪难以控制，不自觉地打架、哭泣，止也止不住，尤其在月圆之夜。男人的泪珠也是一颗颗一串串大滴大滴的。男人常常会没有原因地发呆，目光盯视一处却什么都没看到没听见。这是男人生理期的重要内容：发呆，而男人们往往没有意识到他们在发呆。

男人生理期还时而表现为，去哭墙哭天抢地：这苍茫的天空啊，潺潺的小河流水，蓝蓝的大海啊，黄土大坡老沙漠啊，月亮大姐啊（后来这个称呼被屏蔽，改为月亮大表哥）……

男人白天兴高采烈打鸡血般兴奋，夜晚却时时呈现月经期“那几天”的症状。巨大的狂喜与莫名的哭泣相交替，白天狂喜，夜晚不由自主地哭泣。如何平稳渡过夜晚成为一重要课题。

自打了鸡血之后，男人的精神思维愈加活跃，某些男人的谋划、蓝图呈几何式增长，一到每个月的“那几天”就要掀起一场新运动，有为进一步改造地球的，有为争权夺利的，有为梦想、为词语、为幻觉的，有为理念、为实用、为利害、为安心的……几乎到了白热化的地步。

有学者兴奋地谏言：把一切与女人有关之物全部清除，包括消除“女人”、和“女人”有关的文字。世界是新的了，一切都有所不同，应重新开始，要让世上呈现出从未出现过女人这个物种的样子。提议得到了男人们的热烈响应。

针对棉纱关于地球上的雄性问题，有专家进一步表达创见："我们要灭绝所有雌性动物、植物，即所有雌性生物，让万物的生长都控制在我们男人、雄性手中，也使地球呈现彻底的宽松。雄性是伟大的、万古长青的，是历史是世界的主宰，是造物之主！完全雄性的世界将有一个多么美好灿烂的图景！"观点一出，男人们先是兴奋激情，之后略有发愣，有惯性的附和、稀稀落落的掌声和不自然的强颜力顶，接着是一片沉默，沉默得有些窒息，后来无法忍受的人咳嗽几声打破死静，转向别的议题，人们立即丢了这个话茬不了了之。

这个会议之后，一丝不适感就从棉纱身体不知什么角落生了出来，没有方向没有理由孤零零地，却无法消除。而隔日棉纱在自己宫殿向窗外的一瞥，更使这一切成为定局。

那天，棉纱正在自己的翡翠宫殿上厕所。同整个宫殿一样，厕所也主要由翡翠打造而成，间或有各色珠宝钻石镶配；顶部和两侧是玻璃的景观幕墙，有成群名贵的游鱼随流水穿梭往来；透过宽大的落地窗正可看到巨石阵之开阔景象。

棉纱对如厕比较讲究，时间允许的情况下常有隆重的仪式和程序。这日，他正从容地宽衣如厕，各相关程序优雅地铺展。如，换上如厕服，俗称拉屎工作服；几个侍从端立两旁，手中的托盘上摆满造型精致的清洁类纸水香巾等；如厕音乐由专门乐队根据棉纱的心绪便意等情况在现场即兴演奏……经过一些脚步姿态的仪式造型后，棉纱坐到了翡翠马桶上，正深呼吸运气准备用力之时，窗外的一幕瞬间吸引了他的注意力：驯鹿！是大规模迁徙的驯鹿正从巨石阵穿行！这怎么可能？是什么让驯鹿破天荒改变了它们的迁徙路径？规模如此之大，堪以惊天来形容！

驯鹿，头长而直，耳短似马耳，额凹颈长，背腰平直，尾短，主蹄大而阔，中央裂线很深，悬蹄大，行走时能触及地面，适于在雪地和崎岖不平的道路行走。驯鹿每年都要进行一次长达数百公里的大迁徙。

据记载，男人国成立这年，驯鹿的迁徙路线有了变化，不知是不是受战争的影响，在巨石阵竟看到大规模迁徙的驯鹿。专家称此应属一变异现象。

驯鹿的迁徙队伍秩序井然，长驱直入，雌鹿打头，雄鹿紧随其后。走在队伍前面的雌鹿是整个鹿群的灵魂。雌鹿雄鹿都长角。那头纯白的母驯鹿，身边跟着白色的驯鹿宝宝，刺痛着不少男人的眼睛和心魂。

这一幕很多男人都看到了，且引起了男人的不适不安乃至烦躁、愤懑。怎么自圆其说呢，男人们就此召开了专门会议，一番说辞算解决了这个问题。如下：雌驯鹿篡夺了雄驯鹿的领导权；这一物种正是在雌驯鹿领导下才导致早早被人类驯化，成为唯一被人骑的鹿种。

会议中男人还连带讨论了麋鹿的问题。男人的皇家鹿场中养了不少麋鹿。麋鹿中的雌性不长角，因为不长角才“四不象”：角似鹿非鹿，头似马非马，身似驴非驴，蹄似牛非牛，才有了历史上鹿与马的混淆，才会有“指鹿为马”这一历史事件，这完全归罪于雌麋鹿的长相。虽然有说历史上的那头鹿是长角的鹿，但男人们整体否认这种说法，雌麋鹿在男人的史书上被定罪。

长颈鹿不属于鹿科，驼鹿是世界上体形最大身高最高的鹿。

有些不适并不是无来由。也许来自地底的深层，来自造物潜隐的频率、暗微的节奏。后来有马鹿、驼鹿等动物从黄石地区奔跑出来，它们提前感知了黄石火山要喷发的惶恐。

自如厕时看见迁徙的驯鹿后，棉纱的不适感就算固定下来了，且不可抑制地生长。这水草一样悄然生长的不安，原以为是暂时的精神现象，却怎么赶也赶不走除也除不去了。

成就了如此开天辟地之大业，按理是沉甸甸的成就感与壮志豪情，是有的，但那种不适感、那种空心的感觉不知从什么地方、什么边缘犄角处悄悄地顽强地挤了出来。他本不在意它，也不认可它，甚至不承认它的存在，但它就是越来越执着地茁壮生长不受一点干扰不听一点劝阻不作一点解释，一往无前，渐渐挤占了棉纱心灵的大部分空间，这使他脆弱而感伤。棉纱的大哭小哭有正式记载的就多达十几次。棉纱的哭很有名，一哭，二哭，三哭……人们心口相传。

棉纱经常坐在宫殿角落里，双手抱头，默默沉思，有时他会突然跳起来，兴奋地走来走去，有时就突然大哭起来。

后来棉纱从精神不适发展到胃痛，从胃痛达到头痛的层次。

春季，万物新发和风暖，桃红李白、草长莺飞。春天易情绪不稳，是精神疾病的高发季节，精神心理症患者纷纷躁动起来。

对棉纱来说，春天一直是生发蓬勃的季节，也是踌躇满志之季；如今实现了多年宏愿，按道理该大发诗性胸怀寰宇了，但没有，棉纱感到的是一种从未有过的暴怒之气。这股怒气从地底深处由他身体内部应季生发出来，这种没有道理的怒气，没头没脑毫无逻辑地升上来，掩也掩不住。

棉纱是个在对女人斗争中擅于谋篇布局的男人领袖，是位充满煽动力的演讲者……他一向能安排好自己的情绪，并顺利操控事件的走向。但现在他发现，有什么不对了，某种被遮蔽了的东西从心底顽固地冒了出来，这种能量这种触发如此根本、如此直接而强烈，扯动着他的情绪趋于失控，眼看着似要席卷一切。

他频繁与男友们做爱，问题无法解决。心灵的空洞深不见底无从填补，那种透心的空虚感越来越无解。时间一长就不免挂了相，此番气场遮也遮不了。

每看到窗外的驯鹿们，雄的、雌的、幼的……棉纱的心灵就忽地没有边际了。

棉纱是个一脸络腮大胡子的男人。

这络腮大胡子很有些来历。它源自棉纱青春时代的流行，是当时艺术家、诗人、导演等文艺青年的时髦扮相。在那个众所周知的文艺青年时代，胡子大规模盛行，如一种符号，成为男性文艺青年的标配，如果再脏兮兮的就更有味道了，这是一种“文艺范儿”。

棉纱曾是个文艺青年，这有他标志性的大胡子为证。

棉纱的胡子是好不容易留起来的，他反复刮搽自己那须毛生长基因较弱的下巴，终于培植成一脸标准的络腮胡，下巴也青青的了，当胡子长成，他的公共形象算塑造成功了，领袖之路也一并顺遂下来。棉纱的胡子不是一般的胡子，是文艺青年式的胡子。

棉纱长着趴趴的小鼻子和粉嫩的樱桃小嘴。他很注意塑造自己的外形。棉纱做了三次隆鼻美容手术，最终做成了一个坚挺的高度。棉纱一直对自己的大胡子严加看护，他的胡子要上油、喷香水、时时梳理。

这天，一阵兴奋与大哭交替过后，当棉纱偶然从室内的镜子瞥见自己标志性的大胡子时，他停了下来，心中突然涌出一种东西不可抑制，它沉甸甸的，仿佛使灵魂一下子有了重量，甚至转移了许久以来的不适与空洞。

棉纱的决定。他决定剃下自己的大胡子，这长久以来的框定和隐藏。

他照着镜子，轻抚自己的大胡子，然后分开胡须露出那正宗粉嫩的樱桃小口，这才是自己本来的样子。他自怜自艾，多少年了，没有人真正理解它，甚至他也没有那么了解自己，他太久把自己丢到了一边，他几乎把自己给忘了。现在除去胡子的想法使他兴奋，真实地面对民众，这不是领导者的至高境界吗？多么温暖而坦诚，他为自己而感动。

棉纱的胡子，这是一件大事，遭到身边大臣的强烈阻止。大臣：“王，这件事太重大了。民众能接受您的尿布装、蝴蝶结、兰花指、B角（性爱中棉纱是B角），但绝对不能接受您去掉胡子。事情就是这么诡异，民众的心思就这么不可捉摸。”棉纱：“民众需要带领，不是吗？”大臣：“王，胡子却万万不可，这似乎说不通，但就这么个事实和逻辑，您去掉胡子是危险的，非常危险。”棉纱不能认同大臣的说法，他认为大臣思想迂腐，大臣用限制王的行为来表明他作为大臣的重要，大臣很二很二。

棉纱毅然决然地去掉了自己标志性的大胡子，不仅仅是一时剃掉且使用了激光等永久脱毛清除法。他隐约觉得这也是自己领导男人灭绝女人的目的之一。

大臣对棉纱不管不顾的行为痛心疾首：胡子的表征、象征多么重大，在政治上没有胡子就意味着没有一切。

怎样一时心思之混乱脆弱或潜意识的浮动使棉纱产生了这样影响自己政治生涯的念头。这个念头到底怎样，无关紧要抑或致命？它似乎微妙而直白，深入并曲折。

棉纱剃掉络腮大胡子就完全变了一个人，前后形象反差太大，令人目不忍视，除了自恋的他自己，别人都无法适应。民众会觉得他们拥戴的不是这个人，怀疑这是一个错误，更有多人开始重新审视棉纱及相关事物。

没有什么明显的声音，但一种细微又根本性的东西悄然改变了。接着似乎一切都找了回来，并要连本带利地一并发给他。

棉纱的胡子是个历史性事件。事情就是从那个时间段开始的，之后就是一连串的发生。

有人提出国王应轮流做，在不同族群选出的代表中进行。这难道不是革命的目的吗？这件事在棉纱的那个出行之日达到高潮，人群中一喝得半醉的男子冲出队伍以迅雷不及掩耳之势给了棉纱一耳光。

尽管男子被迅速拿下了，但一切都显得不那么好了，不对了。这安保的缝隙是如何留下的，民众的心态是怎样的，社会涌动着何样的暗潮。

虽然事情已妥善处理，棉纱还是有些不安了，有了不祥的预感，他被警告了。

经历过无数大风大浪的棉纱竟多愁善感、心神不宁了，时时做起一些奇怪的噩梦。自革命一路走来多年，即便最艰难的时候也从未有过如此低落之心境。这到底怎么了。

棉纱睡梦里总是惊跳起来或呜呜地哭醒。后来他已经不敢自己睡觉，要有情人加众多护卫陪侍，可还是无济于事。那种不祥、那种感伤及空心之感强烈地挥之不去，止也止不住，且再也下不去了，仿佛成了一种病症和阴影，成了一种久远的回响。

到了白天，棉纱往往会恢复理性和正常，作为国君，他知道自己该干什么。

这样下去不是个事儿，问题的根本是吃饱了撑的，民众能量需要转向和引领。

一系列举措被实施、推行出来。

棉纱大力倡导野合节，把男人国的重心转移到性交上面来。

野合节成为国家最重要的节日。每年农历三月初三是全地球男人的野合节，是寻找意中人的日子。野合节开场庆祝仪式上一般使用20只绵羊、12匹马、3只牛、9只鹅、10只鸡、2只山羊、3只牧羊犬、10只鸭等等。

野合节一般有几个要素：桑林、裸体、跳舞、寻找并挑逗感兴趣的对象、交合。人们要显示自己的性能力及相关姿态，显示自己性器的形状大小。

首先选在一大片桑林，后来由桑林扩展到海边、沙丘、草地、原野等一切适宜的露天户外场所，只要具备与大自然全面融合的元素。然后要裸着，可以奔跑、跳舞唱歌。桑林之舞就是扮A角的男人跳的一种勾引B角的舞，以坚毅刚健为特征，如，刀剑舞式步伐。而万舞侧重的是B角，主要显示的是B角阴柔之性，显示他的腰身和臀部，其中的媚眼很重要，兰花指的弯度要达到一定指数。小碎步及小巧的脚极受欢迎，后来此种趣味被发展成裹小脚。男人们还要展示自己的“人鱼线”，人鱼线被认为是性感的象征。

男人们裸奔打闹，于舞蹈中放肆地挑逗对方，两种舞过后，就成群的野合。

这个季节，性的角度有所不同，性之引发，性之体操。春天生发之季，性交也有别样气息。

为引导民心，棉纱有时也会亲临现场，在里三层外三层安保之下，象征性地比划几下，展示他作为B角的妩媚，嘟起他的粉嫩小嘴唇以萌翻全场。棉纱虽然软软肉肉的，但竟然局部略显人鱼线，这在一定程度上提高了他的威望。

男人的性关系、性方式都是花样翻新极端极致的，包括各种滥交，至男人国这里已发展成一门绝学，光姿势就有108种之众。想想，那是一种何等壮观之图景。

有人将后来歌舞伎的源头追溯于桑林之舞，但没有得到完全的证实。

男人国群体经常突然为某种东西吸引，如同某种能量群，世界各地男人全部为之涌动，仿佛中了蛊。男人们的主观设计与不可抑止的潜意识发作相映衬，构成一种互文对应关系。其中的曲折难以计量。比如他们的奔跑，奔跑后发呆，发呆后的笑声，他们的举动构成方式，欣喜与悲伤，狂热或沉寂，凄冷与悬浮，风和露珠，边缘与去处……

在巨石阵，有关风的论文不时出现，对风的规则和不规则运动，风的组成和重量都有相应的报告，人们还通过一种数学计算风的持续时间、强度和广度。起初私人可以卖风，后来风归国有。风由国家有组织地来卖，私人卖风是违法行为。

由药草制作的苦艾酒异常风靡。人们认为它能致幻，称之为“绿色的精灵”，有句名言：“一杯苦艾酒就是一轮落日。”

全体服毒的时尚开始于另一阶段，这段时间，男人们强烈追求一种脸色青白、精神疲惫的效果，那是轻微中毒后的范儿。这股继虱子、鸡血等之后的强劲风尚，其席卷潮流之迅猛和广阔令人叹绝。毒物的提取主要脱胎于炼金术之类，有水银、硫磺等成分。服用此种毒物的目标有两个指向：1.升仙得道，2.轻微中毒范儿。毒物的选取、调配、制作等很有讲究，其分寸的拿捏是门真正的艺术与科学，毒物过了人会死掉，达不到相应的量就不能造成轻微中毒的脸色青白之绝佳效果，而这完全不是化妆可以解决的，那是山寨版，没有力度也不纯粹，是让人鄙视不屑的低级行径。与毒物有关的实验、仪式、程序等有很多，服毒是修炼、修道，是美容，是人人追赶的时髦。

在这个时期，男人国发生的一些传闻弄得人心惶惶。

一个奄奄一息的男人于路边的沟渠被发现，据此人断断续续的回忆：当时他正在街头看斗鸡，忽然有人从后面拍了他一下，他就不自觉地跟着走了，接着他发现原来拍他的是一个扮成男人的女人……然后他就什么都不记得了。此男不久因伤势过重而死。后来这种事情仿佛多了起来，男人中时常传说谁谁丢了，是被扮成男人的女人——“拍花子”拍走的。

关于“拍花子”的事被传得很凶：这是女鬼索命，她们在男人没有戒备时出现，用手轻拍一下男人的肩膀，男人会像被催眠一样顺从地听之指挥，然后被女鬼杀死甚至吃掉。男人之所以被“拍”走，一种解释是男人被迷药催眠，另种说法是女人施展了莫名的巫术。

曾经杀死了那么多女人，在男人梦或白日梦中都变成了女鬼。

“拍花子”在男人国全面盛传。尽管相关方面在世界范围进行了大张旗鼓多角度辟谣，但民间还是流言不止。个别状况、线索被血淋淋地渲染，一个个恐怖的传闻四处生长。即便被辟谣还是被疯传。这大大增加了男人夜晚的噩梦与精神不适。在这大好时光，竟有众多抑郁症发生。

男人国传说在到处流转。

不久，悄然兴起的流行：痉挛。男人们认为痉挛是种让人着迷的状态，也是抵御女人“拍花子”的好方式。

人们互相传授如何爆发痉挛的法术，他们轮流发作，使自己慢慢兴奋起来，逐渐进入激动的高潮。到处可看到痉挛抽搐的人群，激动得近乎疯狂，如歇斯底里大爆发般引发的集体性癔症。

中毒范儿后，制造病症也成了一种潮流。一些病症被制造出来，各种不知名的古怪疾病则杂交变异着越来越多地出现。

药品化学合成物大规模流行，这成为男人重要的安慰剂。

男人对药品产生了强烈依赖和信仰，药品文化得到空前发展，各种化学合成物几乎成为男人的图腾。花样繁多的麻醉剂、抗生素、疫苗等广泛应用到社会的各个角落，每天不管有病没病用上几种化学合成物，心里才会踏实下来。男人们很难想象没有药物该怎样生活下去，即便生活下去又有何意义。

打过疫苗的这批男人都有一口黄牙，这黄牙如年轮般界定了他们的出生年代、地点、时间。

时间是什么样子的，在男人国的日子里。切分的突然与悄然；如何把节奏错开，或让它自然地发生；如何重拾、接续、缝补、采集。

堵塞，无法疏通的堵塞已成为一大问题。又见挖路，永远不停不明原因地挖路，挖开填上，填上再挖开，三番五次，五次三番。

男人世界瘟疫流行。与转基因相关的瘟疫、细菌武器、非典、艾滋病、甲流、疯牛病、禽流感、口蹄疫等开始猖獗泛滥，笼罩了整个人类世界。

巨石阵的天气令人摸不着头脑、变化无常。

夏季那个26日下午2点半，天空骤然变脸白天如黑夜。10分钟前还烈日当头，突然世界漆黑如夜，罕见的大个冰雹没头没脑地砸了下来。

春天沙尘暴盛行。沙尘暴的黑风将地皮都揭去了；沙尘暴的黄风如置身于无边的沙漠；沙尘暴的红风将世界染成血色……

春天的迎春花又老又旧无精打采，仿佛没有萌发期、青春期提前就进入了更年期。

冬天巨石阵的雾霾令人毛骨悚然，尘滓中的毒物悄悄不可阻止地进入每个人的呼吸、肺、血液……

冬天也变得奇怪了：闪电打雷过后下雪，是白茫茫厚厚的大雪。

气温时时从零下骤升到零上，天气变温，精神病患者增加，街道上、商场中等处经常可看到神情异常的精神病及潜在精神病患者。游荡的人多了，莫名其妙的人多了，乱七八糟不知所踪的人多了。也经常有人消失。不知为什么就不见了。

暴雨越来越大，以一种不可阻挡之势，在干燥的大都市中看“海”是常有的事。

白天如黑夜，夏天下大雪，冬天打雷闪电，时序颠倒，天地紊乱。

世界各地频繁出现日食景观，日偏食、日环食也轮番而至。

日食到来，动物们乱了。火烈鸟们聚在一起，把头埋进后背的羽毛，单脚而立，一动不动；丹顶鹤开始不安；湖中的天鹅、水鸭、大雁等纷纷归巢……当太阳完全被遮住，本来在打瞌睡的夜行动物狮子、老虎等纷纷站了起来；原本安静的斑马群骚动了，开始乱窜，并完全失去了方向感……

这一年地球将模式调成了震动。小地震频繁发生，有的地方两三天一起。

这样的日子，各种异象四现。有些池塘的水忽然莫名其妙地干了，有的池塘却腾起泉一样的水柱。有的地方，人们听到大地发出巨大的声响，如同地层在移动摩擦和断裂。蒲公英、荠菜、杏树、玉兰等提前开花了，竹子也开花了。大白天，蝙蝠满院子飞。地里成群的老鼠在仓皇奔窜。黑猩猩闭眼张口、惊恐尖叫。海豚拼命高高地跃出水面，然后狠狠往水面砸下去。众多条狗在震前一直不停地集体狂吠……

后来事情愈加严重了，地陷场景频发，好好的地面忽然塌了……飓风、龙卷风常常不期而至。这一年的地震、海啸、火山喷发、龙卷风等天灾人难达到了历年来的极点。

男人国因崇尚虱子、滥交、中毒范儿、制造病症等怪僻引发诸多瘟疫，问题疫苗的使用、克隆研究的不规范等造成生物灾难。

男人国从卖风到试图控制天气，发展到后来的天气实验变成了灾难之一。

传说这一年是太阳分子活跃年。全球通讯瘫痪，科技倒退很多年。

众多迹象显露端倪。

如此凄凉的一幕造物间。如末日般的氛围在步步扩散。

看看老鼠们的眼神，那像人类一样的眼神。

动物们从不知什么角落慢腾腾地出现了，从各处人类知道或不知道的地方；或珍禽猛兽或宠物家畜，老虎狮子孔雀鹿马黄鼠狼等等都混杂着散步式地走了出来。试想一下那是怎样令人震惊的场面。动物们来到大街上、马路中央，似乎在向自己的来处归去，走向它们认为的目的地，等待或自裁。它们完全不顾人类惊奇的目光，偶尔回以人类的眼神冷漠、不屑、安静、宿命或呆傻。它们杂乱而反常地同时出现，天敌间却没有任何兴趣，甚至互相不看一眼。动物们从未如此紊乱而混杂，全都失去了天性，完全一副懒得活下去或无法活下去的模样。鸟不鸣了，狗不叫了，沉默得令人、令世界窒息。花不正常开了，植物发出许多古怪的牙儿。

地球上一种前所未有的气息在扩散、蔓延。动物集体自杀的景观随处可见。鲸鱼奋力游上岸边搁浅而死，大猩猩像智慧的长者，完全洞悉世事的样子集体走入水中。鱼儿像是疯了，纷纷上浮并奋力跃出水面，跳到岸上；鸟雀停止飞翔，野马不再奔跑，豹子卧了下来，面对猎物视而不见。大象们开始绝食，并为自己寻找墓地。猴子安静下来，狗熊不再贪吃，狼也变得萎靡。平常活力十足的动物都变得慢吞吞地心不在焉。有的动物却发了疯，一向温顺的兔子变得脾气很大，见什么都想咬，见了狮子老虎也要咬，后者却懒得理睬，兔子上蹿下跳几回也就不了了之。大群蜻蜓栖于一处，密匝匝地，一动不动，众多蝴蝶、鹦鹉、麻雀、虫鸟仿佛不期而然的茫然相聚，纷纷傻了似地呆立……

地震引发海啸；前所未有的流感病毒；飓风、龙卷风盛行；污染、饥荒、二氧化碳，全球性的气候灾难，众多的气候难民……世界各地种种无法逆转的灾害与异象，似乎都在警示人类：历史的大难已近。

黄石火山的动物纷纷提前出逃，驼鹿、马鹿、白尾鹿们早早跑出，黑熊、灰熊、美洲野牛、叉角羚、大角羊、郊狼、灰狼、水獭等紧随其后。

黄石火山喷发引起全球性灾难：火山灰覆盖大面积土地，压垮众多房屋；灰尘引起大暴雨，爆发泥石流；电子设备无法正常使用，通讯、交通、物流等行业全线瘫痪；无数人死于化学气体中毒、受污染的水和食物……厚厚的火山灰、毒物、不正常的温度……完结了无数生灵。天空几乎被尘埃遮挡，地球眼看着进入黑暗。

虽然这次黄石火山活动还算不上彻底的大爆发，它仅是小小地打了个哈气，很小，很漫不经心，但人类已万万难以承受，几乎到了灭亡的边缘。这一下子，就把改天换地的男人们彻底抽蒙了，将人类打回了原型。雪上加霜的还有天空飞物的撞击，人类能怎么办呢？那将是真正的世界末日。

差一点就被小行星致命撞击了，就差一点儿。

也许这一次造物主还是留下了余地。

（四）地下地上

躲入地下的人们幸存了。遍布世界各处的地下铁、高大空阔的下水道、备战备荒的防空洞等互相连通，组成人类地下世界。

地下铁、下水道、防空洞，这人类的创造物，这布满机械血管的地下世界。

地下，人类唯一的出路吗？

关于人类在地下生存的这段历史已有记载，只不过版本很多，差异也大。

地铁隧道成为避难指挥中心、工厂、医院、餐厅、民众避难所……多种地铁都各显其能，如，最先进的里尔地铁，最快的旧金山地铁，最有效益的香港地铁，最繁忙的莫斯科地铁，最短的伊斯坦布尔地铁，最安全的新加坡地铁、最有艺术氛围的斯德哥尔摩地铁，海拔最高的墨西哥地铁，线路和车站最多的纽约地铁，世界上最古老的地铁系统——伦敦地铁等。

其中伦敦地铁的特别之处还在于，有26个伦敦地铁站因“闹鬼”而关闭。鬼怪之说，是关于女人冤魂索命之说，传言索命的女鬼隐身于此，这是最令男人心悸之处。

在人类生活于地下的这个历史阶段，躲于地下的男人与残余的女人各自逃生，一旦遭遇免不了一场厮杀。两败俱伤的时候有，偶尔女人能够逃走，而很多时候，女人都被男人当作食物吃掉了。据说，在食物短缺的历史时代，男人不止一次把女人吃掉过，冰川时代、战争时代等都是如此。

地下关于女鬼的传说时不时地多了起来。

人们在下水道中打斗和划船。

地铁中各种机关、秘密设施也渐渐为人们发现。

人们安静也吵闹、哭泣也英勇、兴奋也绝望、歌舞也瘫软……最繁复最简单、最原始最匪夷所思、最丑陋最美好、最绅士最流氓、最策略最直接、最高级最低浅、最悲剧最喜感、最贫瘠最极端、最重和最轻、最多与最少……诸种境遇中的出演依次重现。

棉纱还是男人世界的领导人，但人们对他的观感呈整体变化趋势。也许在面对自然的狂怒，面对造物主、面对上苍的时候，人间的王就没有那么重要了。相反，人们对棉纱的怨气不断增长，认为是棉纱的领导行径使男人“遭了天谴”。棉纱集团对之进行了强烈反驳，称这种说法是迷信和不负责任的。但不少人就是坚持这种观点，似乎只有如此才能给绝望恐慌焦虑以出口，舒展些许灵魂的困境。人们不仅对着棉纱指桑骂槐，有人甚至开始直指他那整过形的鼻子了。

棉纱揽镜自照，怀念起自己那曾经的络腮大胡子，但是，现在已经长不出来了。他无比焦虑地使用假胡子粘在自己脸上，他希望以此转运或有所改变。

不久，一个令人崩溃的行为发生了，在一次与民众见面时，棉纱竟被人当众扯下了假胡子……这——怎么解决？

很多事情已不是原来的样子了。

棉纱没有贸然镇压。他明白一招不慎，不知会触动怎样的暗钮，引发怎样连锁性的不可逆不可控不可回旋之惊天灭顶之事；那无数双绝望、错乱的眼神，无数压抑着的愤怒；大臣、军队也随时可能叛乱……

棉纱冷静下来，他必须显示大度和忍耐，体现作为领袖的宽广胸襟。

棉纱针对男人们的地下生活，重新制定了全方位统治策略，编织了密集完善的秩序细节。这是费了九牛二虎之力的，是艰难勉强的，但暂时稳定了下来，虽然不知还能否经得起什么风吹草动。

人工的光亮代替了阳光，人们已渐渐忘记了天空、绿草、花朵。

地下地上是不同的，不同的镜像视角和世界。

在棉纱们的引导下，不少人适应了下水道中的生活，适应了没有阳光的日子。并形成了完整的“下水道哲学”体系：世界是下水道式的，下水道是世界的本源，下水道就是世界之道，下水道体现了宇宙的全息。人，生而为下水道中的一员，天生就是下水道一分子，是与下水道的和谐统一。世界是由下水道组成的，宇宙就是下水道的模样。

关于是否走出地下，人们还是有不同的争论，有人认为地下是最好的生活，出去只能是死路一条，有人认为出去才有活的希望。前者不相信地上会有更好的生活，认为下水道中的生活是唯一合理的，同时他们无法承受生活的改变，哪怕是变得更好。

后来，棉纱们知道地上已经相对安全了，但左右权衡一番后，他们决定封锁真相，以免失控生发不可测之变数。

最终男人们彻底走上地面是个意外，是那日的偶然发生。

一场大雨，一个女人（事实是：女人比男人更早走上了地面）掉入没有井盖的下水道井口，被冲到男人们面前。这个俘虏说出了外界的真相。男人们半信半疑走上地面并一发不可收拾，人们纷纷涌出地下。

真相意外显露，棉纱们只好顺水推舟了。

当然还是有人誓死不出下水道的，且为此自杀殉了下水道。

相当一段日子里，街上没有任何照明设备。遇到没有月光的夜晚，很多地方陷入一片漆黑之中。这时谁要是外出不立下遗嘱，就会受到别人的指责，说他粗心大意。

这段时间，地震还是没有停，它间歇性发作，漫不经心，却时常招招致命。

这喜怒无常的造物，将人类彻底打回原型。人类原以为已征服了一切，可以上蹿下跳肆无忌惮，结果却是：人类随时可能不在，造物一直都在。在全世界蔓延的末日现象，如造物对人类忍无可忍的警告。自负如巨大阴茎般的人类——男人，实则脆弱不堪，造物一个小哈气就足以致命。

这些灾难对男人的改变是重大的，一切如同重新开始。

在灭顶之灾面前，在造物的惩罚面前，人类突然发现自己怎么做都是不对的，也不知怎么做才是对的，人类又开始小心地猜测造物的脸色，行为与思维都不知所措起来。

男人国在造物接踵而至的惩罚面前吓坏了，将责任推到棉纱身上，因为只有国王这个砝码才足够重，才有可能换取造物给予人类一点出路。人们纷纷向造物祈祷，以他们的国王棉纱为交换物、凭借和标的，向造物忏悔人类的罪，并称这一切罪过都在国王身上，自己是服从听信国王才惹怒了造物，要惩罚就惩罚国王一人吧。

男人国形成了不少特定的习俗。

男人们相信：如果一只公羊冲撞树篱，而且回不来或进不去，那么你要做的事将完全失败。男人国的头一批农作物收获后要举行仪式：选出代表站在田的各个角落里放声大哭。吃土豆时，同桌吃饭的人要互相拔头发。每人要说一句押韵的话。语法很重要，但逻辑不重要；主谓宾很重要，前后句的衔接不重要；因果关系不重要，但定补状语很重要。

男人们常常是这样说话的：你高过那根棒子吗？他没有拔头发。不喜欢弹牛的鹿不是个好骆驼，但可以是匹马……

仲春二月，男人们要穿青色的衣服，佩青色的饰玉，吃麦子和羊。

当一个人打喷嚏时，所有听到的人都要用手拍打自己的身体，拍打的具体位置随他们同打喷嚏者关系的不同而不同。

到处是随地小便的男人，以及随地大小便的宠物狗，多得数不清，并以加速度递增。

男人们还有怪癖流行：拿根绳子牵着想象中的狗在“遛”，每人牵的“狗”都有不同的名字。

男人喜欢发出鸽子一样的笑声。

男人们在杀死动物前，要口中念念有词，向陆上、水里、空中的动物道歉请求谅宥；杀死动物后要用华丽的辞藻赞美它们，找各种借口向之解释，说它死得其所、杀死它是意外或不得已等等。男人们经常对着羚羊、野猪、鸵鸟、大象、狮子等死去的动物发表墓前演说，食用动物前后有着各种繁文缛节。有的地方每年向鳄鱼出示一张告示，把水牛尊为神圣，给老鼠写彬彬有礼的信，为麻雀、蚱蜢、甲虫等举行仪式。

男人们向鱼说教，为比目鱼、鲑鱼、沙丁鱼、金鱼等各种鱼举行节会，为鱼跳舞，然后再把鱼吃掉。这种说教解除了男人的精神负担，每次说教过后，男人会释然很多，脸上露出心安理得的微笑。由此引申开来，男人们面对女鬼索命之事也进行了这样的说教，以宽慰自己心底的脆弱与幼小。

作为男人国的国王，担子空前重大，而且完全不同了。

宪法规定，国王每天要在一棵长着槲寄生的树下审理事务。如果因为害病或其他原因一连三整天不能履行这项职务，他就会被吊死在这棵树上。

人的一辈子能有几次机会与历史碰面？对棉纱来说是不止一次了，只是这次过于凶猛、无厘头，全然超出了他的控制乃至想象，他被巨大的力量推搡着身不由己。这种历史的“突然”太过猝不及防，跳过了太多过渡、阶段、惯性、弯道，无规律无解，一下子就成了这个样子，多重断层迭展然后突然裂变固形，这巨大的扭转重压非人力所能破解，这是造物的主宰，是外力的强加，是全新的塑造，也许只能用命定来解释了。

棉纱的思路，他之宏大愿景与纲领、他之第三条道路、他之手腕与谋略、他的厚黑与老道、他的隐忍与哭泣、他的整形与胡子、他的爆米花与郁金香……在造物面前统统化为齑粉、不值一提、无从谈起、无话可说、不成比例。

其实男人国的这次转向是人类一次完全本能下意识的反应，国民的矛头、重压突然间一下子指向棉纱：是棉纱带他们走入了绝境，向上帝向造物交出棉纱就赎了男人国群体的罪过，就替代了男人这个物种可能招致的灭顶之灾。

棉纱怎么也没想到，以自己的智商、才能、胸襟、眼光如何会落到如此田地。想当初棉纱对历史的几次主动干预是多么的大气磅礴巧妙婉转，多么成功和垂范青史，但最后这一次，他失灵了。若放在历史的另一时段，结局百分百是另种样子，但没有假设。棉纱与历史的这次碰面是重重的且不仅仅是鼻青脸肿。没有选择。

棉纱要辞去国王之职，但这是不可能的，男人们的全部重量压在这一点上，这个造物的交代，这男人国的拯救，怎么可能他棉纱想退就能退呢，退了如何向造物主交代。

棉纱的退却行为仅仅引来了男人国民的愈加决绝和对他的小视。

之后根据占卜和祈祷，为男人物种生存之前景，男人国制定了更多详细的规定：国王只能居于巨石阵某个角落空间里，不能吃盐，不能看大海，不能穿衣服，全身要用金币遮盖，有50位男宠陪伴。唯一可食用的肉类就是鸭肉，只能喝一种特制的雄黄酒。国王一生必须戴着脚镣。国王每天被大臣和民众礼拜，但国王必须像神一样一动不动……

在男人国的重要日子：太阳诞生日，国王棉纱被戴上一种高高的帽子，挂上长长的黄麻胡须，裹一身奇怪的袍子。男人们拥着他们的国王进行隆重的游行。太阳日象征光明战胜了黑暗，旧的循环结束和新一轮生命循环之开始。

男人国从棉纱开始了一个传统：在每年的太阳诞生日，向造物献祭他们的国王。

棉纱试图逃跑，被抓了回来，并于太阳节被献祭。他成了祭品、历史的祭品、社会的祭品、民众的祭品。

到了如此地步，棉纱忽然明白自己长久以来不祥的梦境呈示了怎样的预言。棉纱开始唱歌，所有他能想到的、会唱不会唱的都唱，编着唱……一生中他从来没唱过这么多歌，看来剩下的时间中只能唱歌了。在他生命的倒计时刻，他试着唱完人生的最后几首歌几句歌词："青春老去""青春小鸟一去不回还"以及"同桌的你"。

从此，男人国规定，国王的任期为一年，到了每年的太阳节需被献祭。

男人们定期举行盛大而隆重的太阳祭，国王是那个承担神的惩罚为民牺牲的角色。

棉纱之后，不少被选出的即位者坚决以武力阻止任何要立自己为王的企图；那段时间常常是选中谁当国王，就突然把谁抓起来逼他就范。

再后来献祭变成象征性的，国王不再被杀死，但几年一换成了惯例，有的一年或几个月就被国民换掉了。

后来，男人国有记载的历任国王依次为：“秃头”查理、“口吃者”汉斯、“胖子”路易、“长腿”麦克、“虔诚者”约翰、“沉默者”岛川、“老奶奶”默尔等。从“秃头”查理开始，国王们就有了不经意间的巧合和惊人的规律：秃头、不秃、秃、不秃、秃、不秃……查理秃，汉斯不秃，路易秃，麦克就不秃，以此类推，无一例外，如同上帝开的玩笑。

很多年过去了，大地又蓄养了生机。也可能多位国王的献祭平息了上帝之怒吧。

在男人国，时时出现大规模动物往来穿梭之浩大场面，可看到百万头动物横跨巨石阵，寻找芳草地水源之壮丽景象。

那些驯鹿、麋鹿、马鹿、驼鹿、梅花鹿，那些野斑马、角马、河马……规模颇具。

造物纪

第二章 那株大稻子

那株大稻子，摇曳而恍然。

谷神不死，是谓玄牝。玄牝之门，是谓天地根。绵绵若存，用之不勤。

无名，天地之始；有名，万物之母。

天下有始，以为天下母。

女人，稀薄而零落，然而还有一些存在。逃亡的她们，如蕨类植物在岩崖缝隙处、在世界的各种边缘角落顽强而疯狂地生长。

（一）西单丛林

西西从白芷巷出来就迷了路。

这里是西单丛林，街巷地貌极为复杂。历史上发生过很多大事的地方，如“七·二五惨案”，拉开了男人屠戮女人的序幕。女人为此立过一个“七·二五”纪念碑，现已成为残片七零八落于丛林深处。

现今西单地区的一切已面目皆非，如多重创迭的古老疤痕，是各异力量成分的错置与混搭。无法归类，多指向、没有头绪，辐射状，夹杂着，看不出开头结尾。

历史上的西单曾是繁华的商业区，发生过著名瘟疫和惨案，曾有地震、火山喷发等对之的改动，有森林茂密河流纵横……

此刻的西单，塑料与草木同在，建筑残躯与森林并存，这庞大崎岖的丛林，这多重分岔的路径，这谜题和陷阱，这别样的意味、猜测、问语的悬留。西单，这废墟般丛林、迷宫镜像般时空，如同关于这个世界的，错乱、杂糅与突显。

西单丛林尺寸间囊括了几重天。从一处过去有无数出口循环，城中有村，村中有城，街巷交错，为森林覆盖，它突兀而破损、粗粝而混乱、错杂而无理，俨然呈显了世界的聚合、现实的真相；如宇宙的序列，如大城，遗落于世界的角落。西单丛林如巨大的磁场，吸引着、遮蔽着、接收着，转过去，又压过来。到处是没有预料的突然，仿佛与世界越来越远。每一次的路径转折都在有力地打破人的惯性思维，打乱西西对空间和时间的计算方式。西单丛林被覆盖的部分遮天蔽日，树下是浓密的灌木丛，有树根露出地面，与攀爬的葛根纠缠着向四周伸展。西西的脚下是厚厚的落叶，踩上去软软的，有腐叶的气味弥漫。天色暗下来的时候，就只见四边黑压压的树木，如同落入没有颜色的纯粹里。有时会陡然现出一片水域，莫名其妙地，没有来历没有指向。西西这时会停下来，拣安全处落脚等待天明。

西西也遇到了动物，野牛、鹿、马、兔子、蝙蝠、各种各样的鸟……它们自由自在，到处溜达，对西西视而不见；有时也显得古怪匆忙。偶有大朵大朵成群的蝴蝶飞扰向西西，又飞开去，来来回回的。

找不到路，西西的思维还在某个恐慌的点上。

西单丛林，这废弃多年的商业街，这迷宫般的街巷。西西左穿右突也走不出个眉目。地震前这里瘟疫大流行，地震之后成为一片废墟，众植物疯狂生长，如同被施了什么怪异的肥料，林木遮日，时亮时暗，时而密不透光，鸟兽行迹时现，钢筋水泥的残体掺杂其内。有些路牌还隐约可见，如紫苏街、黄芪路等，这是女人们抗击瘟疫的痕迹。有偶尔的鸟声，有丛林中说不清的声音，再就是寂静；沟壑、荒草颓垣；黑黢黢的石头，宛若众多各异的表情……

西单丛林有一种令西西窒息的混淆。那是一种无法分割的异生和共存，是重新的化合和重组。仿佛人工与天工的混淆发生了质变，指向多种未知的可能。西单商场的残址被树丛浸透性地围拢，有匍匐伸展的根系盘根错节，密密麻麻地缠绕、攀附；曾经的西单商业街被疯长的植物撑破穿透，坍塌得奇形怪状，东一处西一块的，看不出原貌。后来可能还建了别的什么，似有不同造型的叠加。

经过了瘟疫、生物战争、地震等无数种古怪的改造，西西恍然觉得这迷宫式的丛林会有什么异化的怪异物种出现，是否酝酿着令人恐怖的异形，也许已经存在，也许正在生长，相接、相连，高低错落，仿佛融合了，浸透了，重新生长了，是化学的分子重组，无法分离……

西西曾在这里亲历瘟疫流行的现场。彼情彼景还历历在目，说起来是另一段历史了。当时一些避难的女人奔逃于此，男人国大规模的瘟疫波及过来。也许是潜伏在某个男人俘虏身上的病毒，最终导致了女人群中扩散。

那是个世界末日般的时期，人人戴着口罩手套并躲在不知什么角落里，大街上空无一人，仿佛是座死城。女人们条件有限，只能使用中草药等最原始的方式自救。没想到，竟渐渐领先男人国击退瘟疫。

男人还曾试图以生物武器、生物病毒灭绝女人，却因男人群的相对集中给男人自身造成了巨大伤害。生物制剂的使用，一种类似流感的病毒在全球爆发。突然所有人开始生病，且没有人知道这病怎么发生的。生物武器被使用，发生大规模饥荒和疫情。男人甚至局部小规模使用了核武器，使人类经历了一场核武器和生物武器的劫难。

这些末日病毒、男人的各种自残行径，已临近摧毁人类文明，几乎把人类带到灭亡的边缘，人类眼看着就要出局，人类进化将从头再来。

多年逃亡的女人，在与男人艰难周旋博弈之下，终于有了目前这么一块相对稳定的落脚地，一个可以暂时称为根据地的地方。这片区域对女人来说，似熟悉更陌生，陌生得出人意料。西西只是偶然而行，却没想到如此凶险，仿佛徘徊于一个巨大的迷魂阵。

西西迷失在这重组的西单丛林，精疲力竭，近乎绝望。

一层又一层，左就是右，右还是右，右还是左，中也是左。白芷巷后面是树草，树草出来是白术街，白术街不远是阴阳里、经纬路，经纬路之后是八卦街，八卦街出来又是白芷巷，然后是小森林，是某种建筑的残体，被草木破开的墙壁、水泥……西西要穿街找巷，于钢筋水泥森林中穿行，要躲避有潜在危险的动物、有毒的植物；路上有很多遮蔽，看不出破绽，像一个个谜语，难猜而诡异；看起来是街巷，却短促而急躁地通向森林，明明是森林却直白地显露出钢筋水泥的废墟；分明走的是不同路径，却还是回到起点；看起来很简单很有规律实则却是无数团乱麻，理也理不清；明明以为找到了核心，实则是八竿子打不着的细枝末节；隐隐约约，远远近近；这里，那里，满天地都是，相似相异相同，无法分辨；左转，右拐，左左右右左左，拐弯，再拐，反反复复，还是原点。

西西所做的一切似乎都是在兜圈子，每次都以为有所不同，有了新的发现、真理和路径，最终却是用不同的方式回到起点。

一言以蔽之：关于兜圈子的N种方式。

西西已怀疑自己能否走出西单丛林，她几近放弃。

西西坐下来喘息，一遍遍强迫自己冷静。

不经意间，发现一簇阳光透过树叶悄悄倾洒下来，有只鸟在矮树枝上很好奇地看了看她，然后跳开了，它在旁边的草丛中自顾自地跳舞，真是一种很优雅的舞蹈。

西西忽然间有所放松，她渐渐感受到一种能量的蛛丝马迹，它的不平衡，它的流动方向，它的箭头所示，它的情绪规律，它的习性，它的所指和能指。

她闭上眼睛，入静，全身心地，摒弃多重杂念的附加，回归本质本真……

事情渐渐变得清晰，一种强烈的直觉呼之欲出，冥冥中有种指引她的力量，还有什么可迟疑的？西西站起身迅然疾行，没有丝毫的拖泥带水，一步步过关斩将般坚定地走下去。

百花深处胡同赫然呈现，不远处就是甘草巷了……走出来了，竟如此简单，仿佛不用费吹灰之力。这条路西西不止一次走过，但每次都于分岔处偏了那么一点点，于是“失之毫厘，差之千里”。

西西如同理出了一团乱麻中的线头，终于破解了这个棋局。

甘草巷的空气带股轻甜的味道，穿行于此，西西的心如此温静安然，身体也安适起来；到了西单的当归街，西西觉得身体中涌出许多能量，脚步也轻快了；而在大黄巷，西西有腹泻的迹象，甚至经历了某种肠绞痛……

这些地方有着明显的气场。到底是心理暗示产生的能量，还是由此地的风水造就，然后被曾逃亡于此的女人们如此命名呢？

在“迷药”街，在这散发着某种莫名香气的地方，西西睡着了，并做了一个关于男人的奇怪的梦。在梦中，植物也能吞噬一切；植物具有心理活动，植物会思考，也会体察人的各种情感。

这个梦引发西西后来带领女人炼出很多种迷药，用于男女战争。

经过生死劫难，西西终于回到女人部队。

此次历险引发女人团体的思考。西西觉得有一种力量在涌动和引领，神秘而充满玄机，仿佛有许多东西欲言又止。西单丛林属女人根据地的范畴，有必要将相关状况彻底搞清楚。于是，西西、小眉等人组成了专门的考察组。

考察组从南面进入，沿着丛林一点点梳理、记录、标志、研究，一段时间下来，女人们纷纷感觉不同寻常。

有的地方浊气很重，那种积存和酿造，那种编排和错搭，那种显示和角度，都揭示了意想不到的历史粉末和断层。各种力量的多重塑造，形成其厚重杂糅之奇特面貌。对考察组来说，到处是风格各异的谜题。

廓清这一切，需要整体全方位的考虑。

西单丛林被重新梳理。头发胡同、地黄巷等曾经的地名纷纷被复原。女人根据寒热温凉的药性、轻清重浊阴阳升降的道理、酸苦辛甘咸淡的味道，根据历史遗迹和自然特点，将一切重新统筹确定和塑造。

柴胡路与地黄巷相临，黄芪街与当归里同侧，连翘街与金银花区相衬……诸如此类，还有熟地街、茯苓、半夏、黄精、红花、决明、忍冬、防己、白术、艾叶、川椒、何首乌、夏枯草、绞股蓝、知母、地锦、葛根、桑叶、鱼腥草……以及气泡街、菠菜巷等等。

西单丛林的深层节奏、构成方式被一一突显：轻重、宽窄、高低、流向、趋转、叠加、出跳……

于是，带着命名的暗语、携带着神秘能量气场的根据地，一个由女人国重新命名的世界被打造出来。

“七·二五”纪念碑被重新立了起来。一些建筑在修整，森林路标等被安全规划了。

西单从林地区被理顺后，天然呈显出一种清晰的指向——西，西向。

那是相对安全的后方；远离男人，远离危险——那是女人国。

向西！向西！

（二）飞鸟时代

从西单从林西行，是个叫不周的活火山。不周山时不时就要小小地喷发一次。受它情绪、喘息的波动，这里的地面反复起降扭坍着。

不周山的绝壁上，能看到恐龙时代遗留下来的贝壳残骸。

在这里，女人们似乎能真切地感受到地球的呼吸和悸动。站在不周山的火山口，时时可听到来自地底莫名的涌动与声响。

她们静下心来倾听、祈祷，接收这有关造物的信息和密语。

不周山中有一废弃的小镇叫合虚镇。小镇的房屋歪歪斜斜，有一天没一天的样子，表达出充分应和火山活动的范式。

合虚镇的面目由不周山微妙塑造，仿佛丝丝传达着那地下神秘的一切。

女人们将合虚镇修了修，有些人暂时在这里驻扎下来。

紧临不周山的是香山，这里地势险绝，人迹罕至，植物繁杂，重峦叠嶂。看上去总像有什么隐藏着、遮蔽着；里面的世界仿佛无穷无尽。

事情是从香山的樱桃沟开始的，当女人考察组来到这“亿年远裔，三纪孑遗”之地，她们有了一个重大发现——水杉，并由此开启了一个拥有巨大秘密的它世界。

水杉，中生代物种，3亿年的孑遗植物。它的形态如此纤细秀美，却能高拔挺直，俨然不是现世物种的普遍样貌，超出了眼前这个世界的逻辑。

水杉携浓厚的远古气韵、密码赫然呈现，绝然脱俗于世，令人震撼、眩晕。

水杉之后，有银杏、桫椤、苏铁类、蕨类等远古植物在某些局部被集中发现，再加上松柏类植物的环绕，女人们恍然觉得自己置身于史前时代。这种感觉在接下来的日子达至巅峰。

那一天，考察组来到香山的日月峰下，这是座号称鸟也飞不过的山峰。

考察组有人失足落崖，众人于营救中发现一偏门左道。而透过多重之遮挡、天然设置的复杂机关，一个惊天动地的绝世大瀑布跃入眼帘。这完全不是常规能发现的路径，是概率极小的意外机缘。

瀑布如此巨大曲折花样翻新，似乎屏蔽了世上的一切。更没想到的是屏蔽中有小巧之夹缝可以通过，夹缝过去竟是别有洞天的另种世界，是崖壁和地势错综的广大山谷。

待瀑布声隐去，一种奇怪陌生的响动引起了女人们的注意，天摇地动的声音，确切地说是地动，是一种巨大的踩踏，那种重量的显示，那种存在感，身边的树叶都在颤动，声音像从地底传来，难道要地震吗？

声音越来越近了，拨开多重桫椤叶片，女人看到了惊魂动魄的一幕：竟然是恐龙；一只巨大的恐龙，然后还有一只。这是两只霸王龙。体型大的为雌性，小的是雄性，后者比前者的体型要小三分之一。霸王龙的大脑袋、大眼睛、粗壮强健的后肢与那纤小的前爪形成了鲜明有趣的对比。

女人们担心被霸王龙发现，慌忙利用植物叶丛隐藏身体。待悄眼望去，两只霸王龙的注意力正集中于对方身上。它们有些奇怪地互动着。

雌龙与雄龙在干什么？求偶，雄霸王龙在向雌霸王龙请求交配。

雄霸王龙踏着他的求爱舞步千斟万酌，小心翼翼地移动着，俨然一副讨好敬畏的神态，仿佛生怕激惹到雌性霸王龙。雌性霸王龙歪了歪那又长又窄的脑袋，似乎用那比足球还大的眼睛端详了一下雄性霸王龙，然后张开大嘴，就是一声山崩地裂般的巨吼。雌性霸王龙勃然大怒了，也许这一刻在她看来，雄性霸王龙的舞步还是大错特错了。雌霸王龙猛地扑向雄霸王龙，周遭空气被它庞大的身躯搅动起巨大风的漩涡、击打出噼里啪啦的火花。两只霸王龙左突右转，雌龙向雄龙愤怒地咬去，后者畏怯委屈地躲避；然而雌龙没有善罢甘休，怒气丝毫未减，反而更加凶猛地扑将上去。雌龙一边攻击一边嘶吼，声音里是愤怒的哀鸣，如末日降临般的绝望和惊惧，暴怒而无助。

女人们一度揣测雌霸王龙处于月经期，实际上当然不是月经期，是饥饿期。雄霸王龙不提供食物就向一个饥饿的雌霸王龙求爱是危险的。对霸王龙来说，因体型等原因，雄性霸王龙从来不是雌性霸王龙的对手，后者能轻易决定前者的生死。

果然，雄性霸王龙没能逃掉，被雌性霸王龙下口咬死；不仅咬死，雌性霸王龙还将雄性霸王龙当作食物吃掉，没有丝毫犹疑或拖泥带水；然后就决绝地离开，坚硬而干脆，头也不回，没了踪迹。

女人们当时不知道，她们看到的是世上仅存的最后两只恐龙。她们目睹了其中一只的死亡，而剩下的那只巨大而孤独的雌恐龙在女人们震惊的目光中瞬间消失不见了。

世界上最后一只雌恐龙杀死最后一只雄恐龙并将之吃掉后踪影全无了，这就像是说给女人的寓言。

接着还有让人不能相信的：一只从未见过的巨大的鸟从远处、从天际飞来，飞过，它是那么无辜、美丽，那么孤独而感伤；不久又有几个巨大的不会飞的肥胖的鸟在这里走来走去，然后也不见了，像从未出现过。

女人们的眼睛湿润了。

这些巨大的鸟离开，就再也没有出现过，河水转弯处只见野鹅群飞。仿佛一段历史影像，被人们发现后就再不见了，如同被曝光的胶片，只留下最后一闪而逝的视觉存留。

女人们为纪念这些大鸟将自己的时代命名为飞鸟时代。

飞鸟引起了女人们强烈的情感。在追踪这些大鸟的过程中，女人国考证出祖先的图腾、母系时代的图腾是凤凰，那时，鸟代表女人，是轻灵的、飞天的。

在这个飞鸟时代，女人国进行了一系列考古探查，结果有了多个颠覆性的重大发现。

从史前水杉的呈现开始，世界之巨大秘密仿佛在一一显露，大鸟、恐龙……

不知道世界还遗有这样的角度，如同忽略了这世界尚幸存着女人。

通过香山考古，人们在三叶虫化石上发现了几亿年前穿着鞋的人类脚印，几十亿年前的金属球……

而史前时代的古石、古玉上面的图案更是令人震惊：人类与恐龙共存、医生在做复杂的人脑手术……

越来越多的发现，各种神秘符号、奇迹的遗存完全颠覆了已有的认知。

人类很可能毁灭过一次又一次。曾经有高度发达的人类灭亡，许多文明古迹都是现今人类技术无法达到的。前一轮文明消亡，后一轮文明再重新开始。

人类上天入地，自以为无所不能，而实际上造物主一个小小的哈气就足以决定人类的存亡，貌似强大的发展实则不堪一击。

那个古老的预言被重新重视起来：地球每隔某些时段生命就会被毁灭一次，地球生命在过去已被毁灭过四次。史前人类文明曾因各种灾变而毁灭，如地震、洪水、火山、大陆板块的升降、气候突变以及陨石、彗星等对地球的撞击等。

人类多次被毁灭，也许不光毁于外界。比如，这次男女之战。应该是没什么可奇怪的，只能说是人类又来了一次自残。

在冰川灾难时期，人类在山洞里躲避，因为没有食物，男人就把女人当作食物都吃掉了。古代战争围城期间，男人把全城女人和孩子吃掉的事也不止一二起。

此次男人对女人的灭绝性屠杀与地球资源有限相关，这与历史上因饥饿把女人吃掉是同一种行为，只是不知是否曾一模一样地发生过。

女人国仿佛站到了能量涌动的关口，远古的声波、宇宙之信息、造物的密语正一股股不可阻挡地传递过来。

这种力量与场对女人们构成巨大的冲击，赋予她们前所未有的能量。这是造物之光，是世界之密码与真相，是女人心灵强大的力量之源。

女人国流传一句俗语："哪怕地球明天将毁灭，今天也要栽种苹果树。"

感受着强烈涌动的宇宙能量，将世界这巨大的秘密书写下来，女人国由此创造了女书。这是一种不同于男人的表达。

她们上观群星运行之势，俯察地上龟文鸟迹之像，从自然造化中获得启示，以女书揭示世界和真相。

当真相浮现，人类的历史也被重新书写。

红山是被女人国首次发现的世界，它与香山相连，却一直为香山所遮蔽。

红山是亿万年前的水乡泽国，有大量盛载远古信息的古玉被挖出、众多记录着千万生灵天然信息密码的化石被发现。

红山是世界上第一朵花绽开的地方，是世界上第一只鸟飞起的地方。

在红山，炎帝的女神庙、积石冢等被发现。

生活在树上的祖先有巢氏的古迹被考证。

一棵高3.4米的青铜神树被挖掘出来，这是迄今为止世上出土的最高的青铜器。

在红山的众多山谷中有个地方叫汤谷，汤谷中有一处叫建木，女人将之定义为女人国的中心。

红山山顶最高的地方长着一株大稻子，树一般高大而坚韧，这株“摇曳而恍然”的大稻子，成为女人国的某种图腾和象征。这里也是国家祭祀的中心。

一切能否澄清，回归质朴和本真，回归稻谷与灵魂……那微观的流转和新陈代谢；吃小米，是吃很多种子……

女人国触目惊心的发现：男人写的历史全是瞎编的，没几句真的。男人是整体性、全方位造假。真实的文化、历史……被他们费尽心机地篡改毁掉，女人、后世人类都失去了之前的记忆。

找回世界的真相，聆听造物之语，就是拯救人类自己。女人国的女书也才得以完整书写。

由炎黄大战古战场的重新发掘和解读开始，女人们触到了那隐藏在各种枝蔓和细节暗示中的历史真相，那被男人扭曲构陷的历史在一点点颠覆性地显现。

炎黄战争实际上是历史上的男女战争，是男人篡夺女性领导权的大战，是母系社会向父系社会的转折。

（三）有熊

有熊氏的下午。

有熊氏在这个下午还不知道自己以后的名字——黄帝。

有熊氏在这个下午不知道很多事情，尤其不知道很多事情就这样被决定了。

现在，阳光正好，树草一派青绿，他站在这里，还没来得及干点什么，也许想找点吃的。枝叶中掩映着小小的红色果实，他拿过来查看端详。

部落首领神农氏为大家尝百草，有几次差点中毒身亡。这种红色的果实神农氏还未尝过，无法确定有毒与否，有熊氏只能恋恋不舍地用手把玩，却是绝然不敢吃。

有熊氏是个清秀的男人，他有些闲散，他知道自己不擅长打猎。

一股浓重的臭味袭来，有熊氏知道大事不好；慌忙转身，果然是她，虎女，黑炭一样的脏兮兮的肤色，色迷迷的小三角眼，虎背熊腰，粗短的四肢。最近几天这股气味一直是他避之不及、欲逃之夭夭的，又来了，怎么办？

虎女流着厚厚的口水，显然是看见了猎物的表情，“嘿！嘿！”地向他打招呼，并色迷迷地傻笑。有熊氏应付地点了下头便要走开。虎女冲上来就抱他，他慌忙躲避。虎女垂涎他有几天了，一直没有得逞，不可能让他轻易逃脱，反而激起了她巨大无比的激情。虎女的厚口水时而呈流线状下淌，时而是一股股冒出。她略调整了体位，再次发起勇猛的进攻。值得一提的是，虎女在部落中满受重视，因为她很会打猎，比有熊氏这样的小男人有用好多。

有熊氏知道自己在体力上完全不是这女人的对手，落荒而逃，但他同样没有虎女跑得快，几下子就被她轻松追上；费尽九牛二虎之力艰难爬起，却被虎女一个扫堂腿重新撂倒，紧跟着就是个恶虎扑食。虎女的动作灵活熟练，似乎把打猎时的全套把式都用到有熊氏身上了。有熊氏被虎女扑于身下，眼看着只能束手就擒。

有熊氏不想就范，他实在觉得虎女太恶心了，光是熏天的臭气就够他呕吐不止了，他曾躲过多次危险，今天是否在劫难逃？

有熊氏的身体已被控制住，唯一能动用的就是口舌与智慧了。他曾数次靠口舌迷惑了对他垂涎三尺的女人们。他准备花言巧语稳住虎女，然后借机逃脱。有熊氏控制了一下自己的厌恶与呕吐，装出一副笑脸，他想让处于异常兴奋发情中的虎女镇静下来："别急，我们去个好点的地方再……"尽管努力克制，他还是忍不住干呕了两下。幸亏今天没吃多少东西，否则会吐得一干二净。虎女："你要吐？"有熊氏连忙否认："是饿的。"虎女很关心地哄有熊氏："我昨天猎鹿还剩一块鹿肉，你乖乖地，一会儿给你吃；你乖乖地，以后每天都猎鹿肉给你吃。"有熊氏觉得有虎女在面前他永远不会有饥饿的感觉，只会有一种恶心到呕吐的反应，吐得身体里什么都没了还是要吐，这可怎么办呀。

有熊氏使出了浑身解数要逃脱：所有他灵机一动的花言巧语，所有的计谋招数，所有的假笑媚眼……但在今天统统失灵了。也许是虎女太饥渴了，也许是有熊氏已经耍了多次这样的花招，虎女虽然傻乎乎的也不管用了。总之，在这个阳光明媚的下午，在这片远古的青草地发生了对人类历史影响深远的大事，这种影响的力度广度深刻性令人难以想象。

虎女不由分说地强奸了有熊氏，而且不止一次。问题的关键在于有熊氏还向虎女装了笑脸呢，却还是被强奸了。这让有熊氏情何以堪呢。完事后，有熊氏忍不住"嗡嗡嘤嘤"地哭了起来，虎女流着浓重的厚口水哄他，很仗义地跑回去取了鹿肉给有熊氏吃，第二天见了有熊氏还不停地向他抛着令有熊氏恶心的媚眼。

从此，有熊氏见了女人时不时要呕吐的毛病算是落下了；只是女人们对他这一点毫不知情；他的解释还是饿的，这引来众女人对他的怜惜关爱与讨好，拿好吃的给他吃。

要说有熊氏被部落中的女人感兴趣应该是有些日子了，尤其是那些丑得令人睁不开眼睛的如狼似虎的粗壮女；很可能有熊氏偶尔也被强奸过，但这个下午与虎女发生的事情带有某种质变的性质，像一个引子，全面牵出了后面的一切。

第二天，虎女的小三角眼令他呕吐时，他发现牛女、狼女、鹿女、马女等一干人等也在向他献媚，争相拿食物讨好他。食物当然是多多益善，但食物背后他看到的是这些女人想与他干那恶心勾当之嘴脸。这种勾当对他来说只有一个感受：恶心。想到那种事他就觉得恶心；即便是猫女、兔女、鹿女、猴女、豹女等一众美女也令他止不住地厌恶。

之后一件事令他颇有成就感，看到了自身的专长。

为摆脱纠缠并获取食物，有熊氏利用自己的色相挑动虎女与狼女互斗，结果很奏效，虎狼二女两败俱伤，全身上下都挂了花，有熊氏渔翁得利。

有熊氏发现自己精于此道，挑动喜欢他的女人互殴，利用女人斗女人。如，他用豹女对付鹿女，以鹿女对付兔女等等。在这些发情发昏智商为零的女人面前，有熊氏战无不胜，轻易将众女耍弄于股掌之中。她们为有熊氏争风吃醋大打出手，为讨好他争相给他更多更好的食物等等。

有熊氏的秘密不能为外人道：他不喜欢女人，他喜欢男人。

据考证，有熊氏是人类有史以来第一个男同性恋者；有熊氏是男同志的先驱。

有熊氏是最早对女人没兴趣的男人，这是他在母系部族不好公开的真实和隐痛。有熊氏是男人敌视女人的始祖。

有熊氏生活于神农氏炎帝做首领的母系氏族部落。显然，炎帝是女性。

传说有熊氏是被炎帝部落于野外发现并收养的不明身世的遗孤。

有熊氏不喜欢劳动也不具劳动的优势。他唯一的资本是有些姿色。渐渐地，他发现这能搞定很多事情，他可以获得更多。

他选择与长相奇丑但有实力、有背景的螺祖结婚，靠螺祖壮大了自己的势力。

据说螺祖是有史以来丑得登峰造极的女人。螺祖对有熊氏全身心付出，却被有熊氏当作工具榨取和损害。看看螺祖这个名字吧，好累好累的形象跃然而上。像背负着沉重的螺壳，像骡子一样被使用，像被耍得团团转的陀螺……直到被榨干最后一滴血，失去最后一点使用价值。关于螺祖的结局有两种说法：累死的；莫名其妙失踪了并不许人提起，因为她已被有熊氏抛弃、杀害。

有熊氏——后来的黄帝，先后几位夫人，大多丑陋，不是一般的丑，都是奇丑无比的丑。她们的关键词：有用，对黄帝的霸业有用。

有熊氏的发现：食物有了剩余，劳动不是最重要的，重要的是分配与获取。在他看来炎帝缺少霸气，整天想着“尝百草”这类苦兮兮劳作的事情，母性泛滥，多么傻多么蠢啊。

有熊氏隐约感受到一种新事物来临的气息。

有熊氏心中的某种念头不可阻挡地明晰起来。

他的目光落到炎帝最喜欢的小女儿女娃身上。她还是个小女孩，但精灵古怪很有天赋，也许不久就会成为部落里的新首领。这被有熊氏视为一大障碍。

女娃对有熊氏没有一丝设防，被骗于海上溺亡。女娃死不瞑目，化作精卫鸟泣血鸣冤。女娃之死对炎帝打击很大，无心首领之位，只身离开，完全投入到“尝百草”治病救人事业中，最后因尝到毒草而亡。

有熊氏觉得时机到了，趁势要夺取炎帝部落领导权，但遭到众人的反抗。此时的有熊氏经过螺祖等女人作跳板，已有了自己一方势力，于是与炎帝部落进行了历史上有名的炎黄战争。

炎黄战争本质上是以黄帝为代表的男人篡夺炎帝

部落女性领导权之战，是母系社会向父系社会转折的节点，是人类历史上的男女大战。

炎黄战争、蚩黄大战等，黄帝其实并不能取胜。他以色相和花言巧语等手段骗取各路女人帮助，如九天玄女、魃等，最终以种种不堪之伎俩夺取了权力。

有熊氏利用女性的帮助篡夺了权力，骨子里却仍是敌视女人的男同性恋者，是女人最早的敌人。

有熊氏表面无法诋毁有着巨大声望的女娲，甚至还要打着女娲的旗号为自己贴金，但暗地里却将女娲的众多功劳分放到他人身上，如附会到莫名其妙的男人伏羲身上。

伏羲是个什么人捏？从直觉来看，有种“趴着”“很暖和”的感觉，趴着的懒洋洋的男人，白天睡大觉的男人；另一种说法是浮在水上的葫芦。还是趴着不怎么动的意思。伏羲本不值一提，与女娲沾不上一点儿边，但为削弱女娲之重大影响，从黄帝开始的男权社会把伏羲的功劳越编越多。尽管如此，伏羲还是给人留下了白天睡大觉之懒汉形象，甚至另有一副无赖形象在民间暗自流传：懒惰成性、游手好闲却无事生非，抢夺别人劳动成果。

伏羲是父系社会生拉硬拽的编造和牵强附会，是从有熊氏开始的谎言。

黄帝实在没什么可服众的，既不敢“尝百草”也不会教民众结网，更没有蚩尤的军事才能。他唯一擅长的就是耍手段了，怎么办呢，就称之有“德”吧，“德”“仁”，这是最不需要硬指标、最没实质内容、弹性最大的东西，是可东可西可黑可白的，一个“德”字就把话语权拿到了自己手中，一个“德”字就变非法于合法了，就可以不讲理了，就代表正义了。一个“德”字就可以遮蔽人的本性、造假无底线了。

从两性角度来说，“德”体现了男权社会的一种歪理，是对女性权益的剥夺。

为什么男人一代又一代都爱烧书？

女人国要廓清历史，从还原被黄帝刻意造假的历史真相开始，将历代男人共同编造的伪历史进行澄清。

女人要找出那些被男人们隐而不传、删除和更改的历史。

有熊氏又叫轩辕氏，即龟氏。“轩辕”即“龟”的意思，俗称“王八”。为什么“王八”“王八蛋”“熊样”都是骂人的话呢？这就很有意思了。这是历史留下的真实密码。女人国认为，有熊氏是个阴性小男人，“熊”与“龟”作为图腾和精神密码编织在他的灵魂深处，并广泛延续于后世。这个阴性小男人从女性那里骗取领导权，然后开始了以谎言与暴力造假的历史。

黄帝之后代颛顼走的也是这种路线，阴毒利用女人夺取权位，再卸磨杀驴。看看“颛顼”这个名字，“专制”“愚昧”的意思，多么难听多么古怪的一个名字，可能是个好鸟吗？大禹专心制造鼎刑等酷刑，却沽名钓誉伪造治水的历史……

黄帝、颛顼、禹、尧等男性权力者都被女人国视作“恶”系列。

有熊氏再怎么“轩辕”也还是“王八”的意思。不能不说历史有其公正的一面，尽管会被篡改，但那隐性存在的密码不断诉说着真相。

黄帝为什么又“龟”又“熊”的？为什么骂人都称“王八蛋”？

“王八”“王八蛋”这是没有办法改变的。

无论怎样吹捧黄帝，弱化炎帝，大家还是称之为“炎黄”而不是“黄炎”……

为什么黄帝等男性统治者以黄色为尊，而民间后世却将下流邪恶之色称之为黄色？相反，炎帝之“炎”所代表的红色，在民间却是喜庆吉祥之色？

女人国认为凡此种种都体现了民众对黄帝炎帝的真正看法——厌“黄”尊“炎”。

炎，“红色”延伸至“粉红”。女人国以粉红为吉祥、光明之色。“粉红帮”是女人国现世中的领导和精神力量，表达了女人国对女娲、炎帝等女性系统的承袭。

“后”是人类最早的君称。后，民族之尊母。母系社会知其母不知其父。“帝”是母体分娩瓜熟蒂落的意思。军事首领称“帝”，行政首领称“后”。“帝”与“后”都指的是女性。

远古时代人们信奉女神，造物神、自然神等都是女性。人类由女性统领。

女娲是女性。

日神羲和、月神常羲是女性。

炎帝是女性。

蚩尤即“自由”，是自由女神。

造字的仓颉是女性……

……

乾坤的真相是坤乾。坤在上，乾在下。坤是天，乾是地。阴阳天地，阴是天，阳是地。女人是天，男人是地。

自男人将坤乾颠倒为乾坤，世界就偏离了造物之道，失去了平衡、和谐，人类就此“失乐园”。

由女性统领的人类社会极少自相残杀，自黄帝——男人统领社会，世界就完全不同了。

女娲补天、抟土造人、制造舞乐、八卦……炎帝种五谷、尝百草、辟市场……女性一脉体现的是创造、自由、艺术、优美、真实与温暖。作为孕育生命的女人天然对压抑生命的东西反感，自由、平等、对生命的尊重、与神沟通是女性当然的特质。

自有熊氏开始的男人一脉体现的则是掠夺文化，以暴力、谎言、洗脑等为特征，喜欢弄权耍阴谋，重在不劳而获、对利益的争夺。

女性文化是充满灵性、丰富多元的，体现人性、神性、自然性，男权文化是单调、疏离的，体现动物性、机械性、异化性。

男权文化怯懦而暴虐。有熊氏篡夺女性领导权后，取消了音乐舞蹈等，打压控制人们生命的神性的东西。女人比男人更聪明、有灵性、有探索精神，更愿意接受新事物。女性文化这种发于生命本身的自由平等通神的特点，令以黄帝为代表的男人骨子里深深自卑恐惧，一有机会就想控制女人。

男权社会是人类的错误，男权之恶是人类崩溃如今的原因。

历史到了重大改变且只能改变的关头。

女性文明有着天然深邃宁静的特质，体现着与自然深刻共存，合自然、合上帝之道。上，即上古上天之意；帝，指母体分娩瓜熟蒂落，即创世。而自黄帝开始的男权时代破坏了这一切，使人类走向堕落。

人类的堕落不是从夏娃起，是从有熊氏开始的。

老子作为女性文明智慧的崇拜、传承者，认为天地万物自有其自然之道，黄帝把“仁义”教条生生加入，取代人的本性，是扰乱天下。

女人们知道，历史又一次到了彻底改变的关口，人类的命运在男人掌舵之下走入了绝境，走上了不健康的歧途。几千年未有之大变局正在不可阻挡地展开。女人对世界的责任：不能任由这些自负浅薄蹦跶的男人们一次次将人类带向深渊。

女人肩负着人类归零清空后的重启，决定着人类的未来和走向。女人们的此时此刻不同寻常。

女人国的决定：扬“炎”去“黄”。女人国认“炎”为先祖，而不是“黄”。

女人国推崇炎帝系列：女娃、蚩尤、刑天……

女人国建立了自己的信仰——女娲教。

女娲教是女人“补天”的宗教，是正本清源，回归人类根本的宗教。

女娃宗：女娲教下专门强调男女关系之一宗。

女娃这一弱小而不屈的形象，穿透有熊氏为代表的男人历史的重重黑幕，以“精卫填海”之悲壮方式留下震撼人心的惊叹。

这个关于女人的千古密码，多少人读懂了她？

几千年来，女人忽略了重要一点：男人是最会蒙人的一种动物，自有熊氏开始，男人对女人进行了几千年的洗脑。女人落到几乎被男人灭绝的境地，就是低估了男人这种动物的狡诈、卑劣，对权力、利益的狂热占有欲，这是一种超出女人想象的俗物。

女娃，悲情、抗争，绝境中不屈的精神，在男人意图灭绝女人的今天显得尤为惊心动魄。这是说给女人们的寓言，激励着她们为自己及人类的生存、理想进行艰苦卓绝的奋斗。

女人，任重道远。

与女娲教相对照，女人国将黄帝之术称之为阴茎教。因为它充分体现了男人特色：强烈的占有欲、垄断欲，缺少容纳，格局小、排他、暴力、世侩庸俗、挂羊头卖狗肉……

后来，随着时代的变迁，女人国将所有男权宗教统归为阴茎教之列。

女人国在西西、玻璃美人、小眉等主持下召开了几次历史性重要会议。

女人国经过绳文时代的被动逃亡，终于在飞鸟时代建立了以红山、香山等区域为中心的大片根据地，有了强大的信仰和精神支撑；而到了孔雀时代，女人与男人的战争算真正全面展开了。

男人与女人是完全不同的物种。女人是天上的飞鸟，是飞翔的精灵，男人却是狡诈懦弱猥琐的龟，如轩辕黄帝，轩辕就是龟，是王八的意思，历史的真相密码早就呈示在那里。飞鸟与王八没有任何相似之处，而当王八要彻底灭绝飞鸟，事情就到了尽头，历史到了彻底改变和扭转的当口。飞鸟别无选择，女人别无选择，人类别无选择，甚至上帝也没有选择。

造物纪

第三章 孔雀时代的大战

孔雀时代，这是一个大时代，女人与男人的战争全面展开。这是人类历史上的第三次世界大战，是由男人试图灭绝女人而引发的世界战争。这里面惊人应对了爱因斯坦先生所说的“用石头打仗”；这个时代演绎了女人与男人的真正对决。

（一）雌激素逆袭

自男人发动以灭绝女人为目的的人类战争以来，世界就全然不同了。一切都不在原来的位置和轨迹上，不仅仅位移甚或质变，它错杂、重置、肿胀、跳脱、悬浮……不是已有的逻辑秩序所能解释。

“用石头打仗的日子”忽地就来了。

当然这倒不是与男人的核武器等直接相关。男人还“绿色”、“环保”来着，并以“环保”为起点发展为在地球上清除女人的实践。男人们信仰“绿色”，信仰到要灭绝女人的地步。男人在局部地区使用过少量核武器、生物武器，而那死寂绝望之色如末日微型浮现，挫伤了男人们大规模使用的勇气。

黄石火山爆发、科罗拉多大地震等持续不断的自然灾难（可不可以说上帝发怒了呢？）过后，人类的一切被摧毁，几乎回到原始社会，男人与女人进入了“用石头打仗”的时代。

初期，于男人屠戮中幸存的女人主要是四处逃亡，在自然灾难、男人追杀的多重夹击中艰难求生，这段简陋、挣扎的日子被女人自己称为绳文时代。

后来女人们有了根据地，建立了女人国，就进入了飞鸟时代。

在女人国的孔雀时代，女人与男人进行了正面的真正意义上的对决。

黄石火山过后，世界重回“木石”时代。

用石头、木棒等原始工具打仗也不是件简单的事，相当七七八八的。或群殴，或单挑，或集团对阵，或数人混战；扔过来，砸过去，投、甩、掷……木棒战，石块战，木石交杂战等等，都有很专业的“道”。

无论男女之间打群架还是单兵作战，石块多用来投掷，近距离砸的也有。木棒则短距离近乎肉搏了，这对女人的体力提出了较大挑战。但残酷的逃亡生涯磨砺出的、女人非同一般的求生欲和作战能力，为之做了相当的弥补。一旦与男人正面遭遇定能拼个你死我活的。

这段时间与男人对战，女人躲避的多些，但作战中各种周旋、诡诈之术充分发展起来。女人会设陷阱，会偷袭，会将木棒弄得又尖又长如刀枪般飞刺向敌人。女人擅作滚石阵等诸种机关，着力改进作战工具，其战略战术之飞升一日千里。

一切要从头开始，一切又不仅仅是零。木石之战初露头角就快速更迭步入冷兵器、热兵器之战等等。核战争是算了，无论男女都不冒这个念头了；它是人类心底的隐痛，正如一道疤痕，伤口尚泛着新，还需刻意遮挡才能假装遗忘。

女人国将军非非用“淬水”法制作兵器。造出人类重回冷兵器时代的第一把铁剑：“飞鸟”。

之后各种装备武器陆续展现。

头盔、盾、矛、剑、匕首、铁尖标枪、刀、箭、弓、戟、弩等。

一些暗器女人用来很顺手：飞刀飞镖等。

其中剑的地位非同一般。人们认为品剑之道，即为天道，亦为人道。剑穿透厚重的历史，于生命中绽放。剑术一度成为女人之最爱，单打独斗的剑术发展迅猛，与男人能斗个半斤八两，其中的“八两”往往是女人。

军旗成为一相当重要的事物。当各式不同的军旗从四面八方出其不意地出现，成为战场上蔚为壮观之图景。

非非制作的风袋式军旗甚为别致，其气势气场非同寻常。它由一个中空的张开大口的铜龙首和缚于其后的紫色长布袋组成；当军旗招展时，布统鼓起摆动着，随风发出古怪的声响，如活现的怪物般使男人的军马受到惊吓。

男人军旗上的图腾是一口巨大的饭锅。

当恐怖的风袋旗与愚蠢的饭锅旗相遇，想也想得出谁更有胜算。

女人国领袖玻璃美人带领女人们组成方阵、圆阵、锥形之阵、楔形之阵、雁形之阵、钳形阵、龟阵、猪头阵等与男人对战。

玻璃美人发明了一种新式的战斗阵型：无法穿透的并能从内部发动反击的方阵。

女人们将突击战与运动战相结合。既能“打一枪换一个地方”，也很会在关键时刻死咬住男人薄弱之处不放。她们练就了惊人的机动能力，经常采用佯退战术，不断从后方打击男人。

女人们会利用崎岖的地形和传统战术打败规模更大、表面上更加“先进的”男人军队。作战中，女将军非非曾灵活机动地使用大车阵，以大车为临时堡垒赢得胜利。

奇正是女人军事思想中最基本的范畴。在战术上明攻为正，偷袭为奇；兵力部署上正面作战的部队为正，迂回、包围、袭击的部队就是奇；列阵对敌为正，集中机动为奇；按正规方法作战为正，特殊方法作战就是奇了。灵活掌握奇正之术是女人军队的一大特色。

玻璃美人将三十六计发展为五百六十计。兵者，诡道也。在战场上灵活机动地把不利因素转化为有利因素。“因势而利导之”“不战而屈人之兵”“知己知彼百战不殆”……

玻璃美人用相生相克之理统领万物、运用于战争。各条战线相辅相成变化多端，运用速度、分割、袭扰等方式包抄、退却或进攻。充分利用敌我双方力量之差异，集中兵力机动作战，在关键时刻和地点投入优势力量歼灭男人。

女人修了各种复杂的堡垒和外部工事。如，利用险要地形建造的庞大的防御工程，垛口、瞭望口、射击口、烽火台等一应俱全。

女人对阵地的选择及构筑工事颇见功力，地道战、地雷战……花样翻新。这是同男人攻与防的较量。

牵制、埋伏、佯攻，规模宏大的钳形攻势；多重设防的堑壕、密集的铁丝网……

在孔雀时代，给人印象深刻的是动物参与其中的大战。

人们一度着力于对动物的训练，如驾驭狮、虎、豹、猩、狼等进行战争。

火牛阵、火鸡阵、猴子阵、山羊阵等都被男女双方使用过。有成功的；失败的居多，仅仅起到制造混乱的作用，包括己方的混乱。

骆驼在战争中被作为很实用的工具，至于马就更不用说了。

沙漠中的女人善于骑着骆驼作战，乘迷眼的沙雾发动进攻。

蔚为大观的骆驼之战：那骆驼的奔跑，其杂沓与错综，那厮杀的群影，腾起的雾尘……女人于沙漠中布设埋伏，对男人精准地击中。当尘雾消失，遗下的多数是男人的尸体，少数是女人的。

骆驼之战中最著名的是黑袍蒙面女战士之战。

黑袍蒙面女战士有着多种神秘机关，如，装着炸弹的假人装置等等。

黑袍蒙面总能给男人不同的惊吓。有时黑袍下仅露出一双小绣花鞋，背后却是无限恐怖之威慑力。

后来男人也学着黑袍蒙面，却因完全驾驭不了这种东西以惨败告终，男人会被自己的黑袍子绊倒。

骆驼之战中有少量羊驼之踪影，但始终没成主流。

驼鸟之战与之类似，主要是男女双方骑着驼鸟进行的大战。

女人布下了精致的驼鸟阵。非常壮观美丽的场景，甚至极为浪漫，男女双方都骑着驼鸟互相冲撞对方，看起来如同某种运动会的内容，但在这个男女战争之局中却是一场真实血腥的厮杀，你死我活的。

非非领导的动物战争。

女将军非非天生具有与动物自如沟通的能力，她在动物战争中仿佛能听懂动物的语言，与动物有着天然的契合、感应。在她的带领下，女人们多次赢得胜利。

孔雀时代的象战极为著名，它传奇般地盛行了一段时间，并影响了战争的进程。

战象多是被阉割过的身躯庞大的雄象，肩高约3.5米，重50吨左右。象被戴上头盔，披上护体铠甲，配上饰物和铃铛，象牙装上铁尖或刀刃。驭者用声音、脚趾在象耳下施加压力及用驯象刺棒来控制大象。乘员包括一名驾驭者和4名女战士，她们手拿弓箭或标枪，骑在象背上。大象能穿越崎岖地域，游过河流，用鼻子作呼吸管；它会踩踏敌人，用鼻子打击，用套有锋利铁套的长牙戳刺。

女人们很擅长骑象上山。在女人国，每头象都有自己的名字。其中一头叫花花的白象作战英勇、屡立战功，最为知名。女人国每年举行盛大的斗象大会，选出最出色的战象。在特定日子，会看到步兵、骑兵、马车、战象列队穿过广场的色彩斑斓的盛况。

女人们还给象装配塔楼，2至4名女战士藏身其中作战。女人军队如一座座壁垒森然的城池，步兵是城墙，战象是塔楼。将战象间隔配置在队伍前列，能给全体步兵建一道屏障，大象的喧哗声和庞大身躯给男人战马以恐怖威慑的气氛。恐惧会让战马无法控制，会因不能忍受看见这种巨大而奇怪的动物而开始逃跑。

当女人用重骑兵从男人后方打击男人，战象会被用来打乱男人的阵型，阻挡男人的骑兵。

女人的“铰接式”方阵颇为知名：在重装步兵连中配置其它部队。若干战斗群中分别配备2只大象。女人会以一连串高妙的机动战术打乱男人的阵脚。运用欺骗、快速有力的行军和包围等战术。女人擅于佯攻、诈敌、迷惑男人，攻围避退详略得当。男人侧翼及后方薄弱之处频频遭到女人袭击和暗算。男人常落入女人的钳形运动的陷阱中。

那个丘陵地带的游击战如鬼斧神工：男人队伍进攻时女人退却，男人队伍退却时，女人又压上来；轻盾兵和弓箭手部队沿男人未加设防“无法通过”的山间小道，突然出现在他们后面的高地上；男人们措手不及，女人大获全胜。

女人在战争中出人意料地使用了许多“第一次”，使男人猝不及防。新思路新技术突然之间就把战争变得面目全非了。

例如，女人首先使用象战惊吓打败男人，等男人学会象战，女人却又利用大象的弱点回击男人：大象对一只吠叫的狗、跑过地面的小老鼠、尖叫的猪等的神经性恐惧。

男人总是迟了半拍儿。

女人的“闪电战”：如一道黑色的闪电痛击男人之后又迅速消失。女人有时会先以楔形推进然后突然分散，队伍貌似杂乱无章地猛冲过来，进行速度之快使用弓箭之精准使男人无反应时间，之后以剑、套索等完成残局。女人常常还戴着恐吓男人的面罩，而有些女人不戴面罩也能丑得吓倒男人。她们如同粘在马背上的雕鸟，向猎物男人俯冲下来，再绝杀而去。她们如倾盆大雨式的飞镖给男人愈加幼小婴儿化的心灵留下不可磨灭的阴影。女人之暴躁野蛮让男人震惊、恐惧。一片黑压压的女人仿佛从天而降，如闪电般飞来。闪电过处非死即伤，然后就没了踪影。她们队形瞬间的聚集与散去如鹰鸟虎豹秒杀了男人，在男人眼中，女人已越来越不属于人类，越来越难以抵挡。如同魔鬼现身，像上帝的天罚。被称为“女人风暴”。

而某些女人容貌之丑也使男人受到异常惊吓。女性，如此丑陋恐怖的一种动物；当初男人是怎么与之共处一个空间数千年的，匪夷所思呀。

女人一旦组织突击，其威然凛冽之大观令男人们目瞪口呆。其绝然其宏大，其神鬼、神秘，其巨大的气场笼罩敌阵。男人的灵魂突然被震慑了，如同底部被摧毁，忽地空了，垮塌下来。这场战争站到了女人一边，太阳、月亮、风、草、大地无不如此。

那个有名的要塞之战是一个节点。

本来在一系列较量之后，为双方考量，男女双方达成了一个阶段性的停战协议。在此期间互不侵犯。但男人失信了，或者说这本来就是男人的一个诡计。他们乘女人不备对战略要塞鹿马堡发动突然袭击，女人们于被动中匆忙应战，全城堡的女守卫战士几乎全部牺牲，但她们成功拖住了男人试图以闪电战消灭女人大部队的阴谋。当地道中最后一位女守卫战士衣衫褴褛气息奄奄地出现在男人部队面前，要塞已被女人守了数月之久。

这是一场对女人来说异常艰苦的战争，其惨烈难以言尽。然而它也成了女人对男人战斗的转折。

鹿马堡战之后，女人国与男人国的战局发生了质的转变。男人国伎俩破灭、节节后退，进入全面守势甚至弱势。

男女战争进行的是全方位多角度的拼杀。无论大场景、小局部，还是正规与非正规之战都是丝丝入扣、惊魂动魄。有浩浩荡荡密密麻麻的军队，几眼望不到头；有零星的打斗三五成群；有木石之战、动物大战、冷热兵器之战；有原始部落之战、现代化正规军之战……

这是场对决，男与女的对决。

女人是否肌肉力量小些？女人是否在体力上不占优势？女人是否不擅打仗？曾经是的，但现在“雌激素逆袭”了，不一样了。

当弱势的体力之战，女人都能战胜男人，那么男人就阻挡不了女人了。

俗话说，难以置信的好运和一个愚蠢的对手决定了战争的胜负。在“雌激素逆袭”的女人面前，男人是否成了愚蠢的对手？

现在上帝似乎完全站在了女人一边。女人怎么做怎么有，男人无论如何都是落花流水。

男人不得不得出结论：雌激素惹不起呀惹不起。

这场男女战争中，雌激素逆袭成为重大特征。

原本，雌激素与女人的生育、恋爱（指传统社会中与男人恋爱）相关，且发生了无数惊天动地的行径：为了爱情，可以不惜牺牲生命；为了美貌可以忍受几百次非人的整形；为了救被压在车下的孩子，母爱的强大力量可以一人扛起一辆卡车……女人有着多么强大的激情，做出过多少令男人望其项背的事情来。而现今，男人对女人的屠杀将这个通道堵塞了，且将之彻底导向反面。

这就造成了雌激素逆袭：是以雌激素为表征、能动、内驱力的，它逆向袭来，全部归结集中于针对男人的斗争。这也是女人们唯一生存的机会和可能，是背水一战，是绝境中的一线生机。

男人对女人的屠杀直接引发了雌激素逆袭。

千万别惹女人生气——这是刘邦及很多男人忘记的事情。于是，吕后那压抑的怒气如一股怨毒的黑烟在历史的上空久久回响。

雌激素逆袭的走向决定了战局及相关的一切，并在男女战争中无处不在。那种气息、气场充斥着战争的方方面面和各个角落。雌激素逆袭的女人最令男人恐惧。看看男权社会中的俗语："最毒不过妇人心"，为什么呢，因为雌激素逆袭了。男人一旦造成女人雌激素逆袭，事情就不好办了。棉纱等男人一定对此深有体会，所以在屠杀女人前采用了以女人斗女人的策略，以防雌激素逆袭。

大剂量雌性激素的转化。对女人来说注定了成也雌激素败也雌激素。之前，女人差点被男人灭绝，就因为雌激素一度蒙住了女人的眼睛，影响了女人对男人的正确判断。当男人灭绝女人的目的和行动彻底显露，女人只能有一个选择了，雌激素也只能有一个选择——逆袭发作。

想想那些超人的母性能量，那些令人无法相信的情爱奇迹，那些惊人的坚持和韧忍，那些分娩的痛苦与担当……当这一切都转化为女人对男人的战争，当女人将情感、情欲中的巨大能量全部集中于一点时，想想会发生怎样摧枯拉朽之改变！如狂风骤雨之席卷，如愚公移山之坚韧，如台风如海啸……不可估量。

雌激素一旦逆袭发作，还有什么能够阻挡？男性雄激素们终将明白，雌激素伤不起呀伤不起。

女人一旦疯狂，其暴烈奇诡其能量的巨大远超过男性：带有旋转、无定向、出其不意等特色，如同鬼神也不能阻挡的强大。

大量雌性激素逆袭之辐射。

雌激素逆袭的能量如此巨大，山崩地裂般，如原子能，如核爆炸。这种能量连女人自己也第一次见识到，它是那样不可思议。这在过去的男权社会中仅显露了蛛丝马迹，如狮吼功被归结于女人等。事实上，女人暴躁起来男人不是对手；那种能量是惊天地泣鬼神的，是不可阻挡的，充满了横扫一切的神性力量。

女人重新发现了自己，原来女人这么会打仗，这么擅于打仗，也可以这么喜欢打仗；女人打仗可以打得如此潇洒、艺术、天人合一，如有神助。这在过去是无法想象的。女人发现了全新的自己，那么新鲜的自己。女人都不得不打量着自己啧啧称奇。

过去的男权社会中，女人的许多天才被遮蔽了，如今被以一种另类方式激发出来，而一出来就是惊天动地。人们可能看过雌激素发作的样子，但少见过雌激素逆袭发作的样子，连女人自己也是刚刚领悟的，没想到是这样石破天惊。

一切需要重新定义了，世界需要重新解读了，人类学要重新研究了。

在这场男女大战中，女人对自己的开掘前所未有，对自己发现前所未有。这场战争，女人重新定位定义了自己。

女人完全不按男人的常理出牌，却能于偏锋中抓住本质，将承袭军事传统的男人打败。男人的套路在雌激素逆袭的女人那里常常派不上用场，显得笨拙而弱智，如同白痴。正如俗语所云：女人似飞鸟，男人如王八。男人的洗脑一旦对女人失去效力，想想会发生多么惊天的事情来。

女人向来善于从男人想象不到的角度来打击男人。比如男人摆开巨大的阵式准备与女人决一死战。女人可以调过来，把前奏与主体颠倒，以不起眼的旁支决定整个战局。男人永远猜不透女人的心思，而且男人发现自己本质上是恐惧女人的，一直以来都是，这种恐惧被深深压抑在男权文化潜意识的深处，从没消失过，那些压制女人的文化正是源于男人对女人的真正恐惧。如今这种恐惧不可抑制地完全彻底地浮出了水面，一天天显露、确定、成为主流，男女之间的关系原来是这个样子的。

女人有良好的部署及战场控制力，长于整体上的考虑，综合战术能力很强。她们的阵型布局灵活多变。无论后勤补给还是行李辎重都努力处理得恰到好处。她们常选择自己熟悉的地形，为战术选择创造可能性；没有条件时，会天才地发现旁门左道，并将悬着的一线可能无限扩大，最终为自己赢得生机乃至决定性的胜利。

男人认为“雌激素逆袭”带来的是一股子“邪劲儿”，在男人军事教科书和男人战争史上完全找不到例证和根据。这些雌激素逆袭的迸发，如同脱离了人的层次，在类似神的层次徘徊。

女将军非非的故事尤为传奇。

战争前她因被男人抛弃而成了一名精神病患者，腹中还怀有那个男人留下的孩子。男人杀进来的时候，非非正于精神病院里的树前发呆。她看着拿刀砍过来的男人似笑非笑，无动于衷，全然不理解危险之所在。男人恶毒地袭向她高高隆起的腹部，非非本能地挪动了一下身体，刀子划到非非的手臂，血刷地流了下来……

非非瞬间被激活了似的，突然来了精神。她分明听见肚子里的女儿在喊：“妈妈，揍他，妈妈，妈妈揍他……”非非聚精会神与男人厮打起来，她的一举一动非常到位，她的潜能被全面激发，她的手脚不是一般的利落。男人被她打败，且不止一个。

非非理了一下思绪，仿佛一切都透彻起来。

后来，孩子顺利生下了，果真是女儿。

非非的精神疾病在脱离男人社会后自动痊愈。

非非在男女战争中如鱼得水地成为功勋卓著的将军。

女人在破除了对男人的幻想后就异常团结了，因为共度难关是她们唯一可能存活的方式。女人认为，在过去的男权社会中，要不是靠着相信男人和爱情，要不是被“爱情”洗脑，女人与男人谁玩得过谁还真的很难说。

现在女人唯一的目的是活下去。女人将所有的能量集中于战斗。可以说，是男人制造了这以战斗为生活的女人群体。世界是这样的：当你逼得某个群体无法生存时，自己也不会有安稳的生活，这是必然的定律。

雌激素这种铺天盖地这种无边无界，这种魅惑这种逆袭这种诡诈这种……无以言表。总有一款适合男人们，总一种方式能办了雄激素们。从这时起，胶着就开始了，雄激素们也无法选择，后悔也来不及了。

对男人来说，女人是不同质的对手，不同质的对手极难对付，因为她与你玩的游戏规则不一样，根本不按你的逻辑出牌。女人把作战当成一种艺术，打大仗如烹小鲜，随时随处都可以打一场战争。

间谍战上女人远胜过男人。女人善于用虚假信息干扰迷惑男人。

有的男人集团扮成猪、山羊等向女人阵地潜近，被女人瞬间识破。对女人而言，这些伎俩过于可笑而笨拙。

不少男人扮成女人混入女人国做间谍，被抓住后沦为性奴，并招供了关于男人国的各种情报。

女人领袖玻璃美人在战争中充分发挥出了一个伟大统帅的直觉。在玻璃美人带领下，女人们常常用各种方法削弱男人凝聚力、降低男人的士气。她们会巧用威名震慑敌手，使男人战斗意志崩溃。不战而屈人之兵被女人视为更高层次的战争形态。她们想尽方法使男人内耗、猜疑，发明了各种方式另类的游说。

事实证明，女人在某种情境下也是善战好斗的，其巧夺天工其绝古烁今其顽强坚韧其大气磅礴其灵性谋略……举世皆惊。

女人本是为生存被迫应战，后来战争成了女人的生活方式和艺术。在一次又一次胜利中，女人不仅自如地驾驭战争还享受起这种形式的生命历程。无法避免它时就享受它吧，不仅是全身运动还是精神情绪的拉伸。

（二）那几天

话说男人国成立后，男人发现自己也是有“月经”期的，“那几天”的症状愈加明显。可男人对“那几天”经验研究不足，缺少理论系统支撑，显得很有些错乱。

女人对自己“那几天”则颇有心得，并将之发展为战争中的优势。

女人对男人“那几天”问题研究得很透彻，远远超出男人自己。“那几天”男人的不冷静、失误，露出一点点破绽都会被女人加以扩大利用。

女人整天琢磨怎样才能生存，怎样才能打败男人。

男人不怕打，就怕被琢磨，男人怎么禁得住女人整天琢磨捏？

男人在女人的战术面前是蒙掉的。当然男人也不是什么省油的灯，他们也是很会蒙人的一种动物。

月经期一度是女人的软肋，男人对月经期女人的偷袭曾造成女人重大伤亡。他们侦察女人的月经期，趁女人对月亮朝拜、祈祷时发起偷袭；事后遭到女人的凶猛报复，并发展出特有的月经期战术，造就了后来令男人闻风丧胆的月经战略、月经战争。

月经期的女人是通神的。那种对生命质感的深刻体味，那一呼一吸的波动，那些酝酿与释放，那来与去、缘与遇，那种魔术与镜像，那份根本和原初，那种超然的沉静、旁观与跳脱，那份幸福、感伤、愤怒、绝望，那种替换、更新、胶着、代谢、开始、重生……都一遍遍挖掘着女人非同一般的军事智慧。

月经前、月经中、月经后，女人形成了各具特色的战争样式。

月经前的女人战斗多以愤怒为驱动，以疯狂的“奇袭”为表征。男人往往被女人不知来由的迅猛攻击打得七零八落。月经前的战术以气胜，那是一种是不可挡的激情，完全压倒一切的气势；那是用技巧无法破解的冲击力，是潜能的超常发挥。比如，你平时束手无策的一堵高墙，当面临生死抉择，你会不顾一切地爬上去跳下来，而且竟然毫发无损。这就是应激状态下迸发的潜能。经期前女人的战斗都是这种路数，基本使男人处于目瞪口呆、稀里哗啦的状态。这些从天而降怒气冲冲憋着股邪劲儿的女人，这些发了疯不要命的女人，这些脱离了人的层次的神魔，男人有什么办法接招呢？

月经中的女人平静深邃，这时女人对男人的战斗以莫测诡诈为基本特色，向深度、细度挖掘。月经中的战争充满了哲学思辨、神学玄幻之光辉。女人重视战争中决定胜败的细节问题，包括对男人每一丝动向的警觉，能把某种武装到牙齿的细节之缜密算计发挥到极致；女人的管道角度逻辑是立体多维的，携带着鲜活的人性和神性，比男人高了不知多少个层次。

月经后的女人战争显得开阔宏远，具有高瞻远瞩、大气磅礴之范式。这种战斗常常是全局性、宏观性的。女人会站在男人庸常视角难以领略、企及的高度，谋求一种意想不到的改变，对男人军队进行总体结构性打击。

月经前、月经中、月经后，哪有一样好对付呢？当这几样交叉进行，男人又如何招架？

女人对自己原本弱项的月经战争的挖掘和磨砺，更加促进了女人非月经期战斗的全面提升和发展，使之变得更为强劲难挡。

此外，更年期、绝经期女人的战斗也各具特色。

更年期女人的军事智慧，在集月经期军事思想之大成基础上，有了独到的飞跃。那是一种脱胎换骨的身心灵的转变、全方位换洗，有着男人难以企及的，与神最直接深刻的交流。更年期女人被男人看成魔鬼。女人更年期战争以“魔幻”为特色，最粗粝最细腻最宏阔最窄小……统统穿梭混杂。在男人看来不像真的，太不现实了，仿佛在做梦，那种跳跃、遗漏、生硬、悬浮、浓重、野蛮……玄幻之中，男人已一败涂地。

绝经期女人是成了“精”的，处于男人极为恐惧的“老巫婆”之境界。绝经期战争的特色是“巫”，是传神，是练达，是炉火纯青，是战无不胜。“老巫婆”的每一道皱纹里都隐含着对付男人的数种绝招。

不合常规逻辑却直达根本，完全超出男人思维范畴，这是长期以来前所未有的。

之前一直被男权社会压抑着的女人，自己也不了解自己。在传统男权社会中，女人遗失了生命深处女娲补天般的强大力量。

女人国醒目之标语：女人，认识你自己。

沉静如大地之母，高远似广阔的天空，深邃如黑色的大海，愤怒如战斗的自由女神。女人之道，令男人的一切显得浅显直白和狭小。莫测强大的力量、势不可挡的决绝疯狂、奇崛、难以预料……是女人对男人产生威胁的诸种特色。女人野路子宽广而没有边际，皆是男人想象不出的范式。男人们越来越没法睡个安稳觉了。

女人与自然的贴合是天生、自然而然的。女性之沉静是大道，男人之沉静是技术是表象。男人再怎么兰花指再怎么女性化，也无法比肩女人。男人女性化是抄袭，是浅层次的。男人再怎么阴气怪气十足，再怎么模仿女人，也是二手的，女人的力量从来就不是男人所拥有。

女人国认为，女性是人类之根本，男性是对女性的篡改与抄袭。

残酷战争下的女人无师自通地成了心理战大师，绝境激发了女人惊人的潜能。女人对男人的计算细致到呼吸的间隔节奏，捕捉男人微小漏洞，恐吓、离间，拖拽男人情绪至崩溃等，进行精神上的瓦解，完成战术战略上的绝胜。

女人之冷笑、颠倒疯狂、五花八门灵感倍出之战斗方式深刻吓住了男人，从心底深处打击了他们。女人是如此恐怖，如此如此恐怖啊！还有恐怖的月经期女人啊！

女人对男人的智谋是神出鬼没超越式的，精妙的战争设计来源于她们对男人精神节点、纰漏、破绽的充分利用。男人国不断被女人国非同寻常的生理节奏战术侵扰、牵制。

女人把男人打得很服帖，女人对男人的破解很尽兴。男人对女人的恐惧已深刻入骨，这种心理上的强烈威慑甚至有些迷信的东西，在每次实战的巨大震撼面前步步增强。无论阵地战、消耗战还是运动战、情报战、地道战……

彩色峡谷之战是女人与男人打的一场著名的月经战争。

神秘莫测的深谷，色彩斑斓，有着与众不同的绚丽。红、黄、青、黑、灰，峭壁峰柱林立，千沟万壑。

这场月经战争集月经前、月经中、月经后多种特色为一体，交叉、混合并倒置。几万女人军队牵着男人鼻子走，飘忽不定的女军如同鬼魅，走着奇怪的行军路线。男军看不清女军的战术，包围聚歼失败；女人黑衣黑甲的秘密部队似闪电从天而降，男军受袭伤重。女人时而摆出骇人魂魄的阵式，时而踪迹皆无。女人声东击西，男人被动挨打；女人统掌全局，男人不明就里。女人或迅猛冲击或若即若离；或孤注一掷或长线钓鱼；或陷阱暗器密布或正面对阵绝杀……

几万女军大胜男人几十万大军，整个地区为之撼动，成为男女战争重要一役。

多场战役对男人的撞击是具颠覆性的，以至于后来的战争中，男人一看见女人的花朵标志就惊惶失措。女人镶着花朵的铠甲、旗帜等出现，男人就条件反射神经质般节节败退、溃不成军。这成为一种巨大的精神病症，这是不见血的内伤。

男人后来心理脆弱到看见月食、日食就心慌的地步，因为这些日子是男人曾被女人狠狠打击的日子。男人每月的“那几天”愈加凸显出来。

男人中传言女人能用意念打仗，进行意念性战争。

女人的“花粉咒”在这个阶段发挥了最佳效用。

“让花粉使你放下脚，让花粉使你放下手，让花粉使你低下头；

你的脚是花粉，你的手是花粉，你的声音是花粉；

小路多美丽；你平静下来……”

女人语无伦次说话，做出异乎寻常的举动，如神灵附体，男人见此情景往往落荒而逃。最极端的事情是，男人中广泛流传着关于女人可怕的传说：月经期女人或其触碰过的东西会致人死亡，当时不死，过段时间也会死。于是，果真有男人因被月经期女人的物件碰到而半个月内死去，惊吓而死。后来这些还被写进了男人教科书。

女人被男人认定为世上恐怖事物之首。

女人国祭司西西不仅领导了月经战争，还发动了植物战争。

西西带领女人炼出许多迷药用于植物战争。

据说，植物能吞噬一切。

那遮天蔽日的陷阱，有毒的植物、瘴气，于死亡的绝境中挣扎的男人军队……

有几场战役似已不可考，据说男人完全是被吓死的。

女人发明了根据女人特质对付男人的诸种战斗方式。细心钻研“四两拨千斤”之术，专门针对男人力度、呼吸间隙、节奏等研究五花八门的对策。

咏春拳、峨眉刺等都是女人对肉搏中技艺的发明。一些单打独斗的招式：拗步拉弓、白鹤亮翅、虎爪手、神鱼摆尾、飞鸟在天、骑马蹲裆、旋空踢……等等被载入史册。

男人想不到的角度，历史上从未有过的方式被女人大量创造出来了。

男人对女人进行模仿学习，但将女人的武学误解成了葵花宝典。葵花宝典使男人错乱自宫。

（三）坤乾大挪移之战

造物之道在于坤乾。

为什么乾上坤下为否，坤上乾下为泰？

坤上乾下，则天地相通，阴阳相交，有生机之象，为泰。

坤上乾下，才会顺畅平安。坤为天，乾为地；阴为天，阳为地；女为天，男为地。

人体的阴经阳经也为之做出了很好的诠释。

人体经脉中与五脏（心、肺、肝、肾、脾）对应的经脉为阴经，与六腑（大肠、小肠、胃、胆、膀胱、三焦）对应的经脉为阳经；阴经位于人体正面，阳经位于人体背面。显然，阴经比阳经更为关键和根本。天阴地阳。坤天乾地。女天男地。

“乾坤”是男人对造物之道的修改和伪造，隐藏着男权社会的根本秘密。

坤乾大挪移之战是女人对之的全面反转。

坤乾大挪移之战是还世界本来之色，是对造物之道的回归、遵从，是对乾坤的扭转。

坤乾大挪移之战是女人对男人总体性清算、解决，是对世界全面的澄清、矫正。

坤乾大挪移之战是移形换影的、有弹性有力度之战；是女人对男人全方位、多层次、多角度的，系统性、总结性、决定性之战；是女人军事智慧的全面整合与爆发；体现了女人对战争的全面设计；其推进性、移转性，摧枯拉朽、地覆天翻。它激发女人军事极限、全部潜能；

集军事、政治、社会、哲学思想等大成；制造对手破绽；积蓄功力；牵引挪移敌劲；转换阴阳二气；借力打力等。是女人对男权世界的整体性挪动、搬运，是对人类错误的纠偏。

女人通过坤乾大挪移之战重新打造世界，一步步将男人弄糟的事物归至其本来的位置。

女人的坤乾大挪移之战，已提升到一个随心所欲的自由、艺术的境界。每一仗都阐述某个主题、某类事物，某种关系，解决若干问题；每一战役都有寓意、有说法、有根据……

坤乾大挪移之战由一系列各具特色的战役组成。

玄牝之战。

体现一种根源性、大道性。一种黑中微透紫红的力度。显现深邃、神秘、本质、源头。这是不可企及的深广，这是不可战胜之原始的深渊。

对男人来说，这是一锥心之战。这种根性、神性，这锋利而广博的冲击、穿透，从源头上阐明男人投降是唯一正途之理。

玄牝之战，男人彻底无力抗击，因为这不是一个重量级、不是一个层面的问题。

这是绝然的神迹，是大道之呈显，如游刃千古，如大音希声，如问道，如致敬……

最后，男人的归降是无能为力、束手待毙、认祖归宗式的，是不得不对着本源、来处的敬仰。

飞鸟之战。

具有器物性、图腾性等特点。

女人制作的各种鸟类飞行器、武器、军事装置等，庞然大观。

与男人对阵的巨型飞鸟随处可见，整个世界如同变成了鸟的王国。

鸟武器、鸟阵、鸟机关、鸟战术、鸟战略……都是男人难以应对的。

其中的凤凰之阵尤为震撼。大小凤凰的搭设，立体空间的全面计量，准确的军事打击，前后阵型的铺陈……以其完整性、巨大性、连续性、传奇性等给出了一个说服。

飞鸟之战打得极为绚丽，色彩斑斓、落英缤纷的。

这些飞鸟，图腾般触目脱俗之美，无法不引入人心里。

这莫名的感召，这确然的存在，这神古的气息……

男人不得不想起久远的什么来，有些三心二意了。

男人是在“飞鸟”无往不胜的击打下失败，也是在出戏般的恍惚中丢掉战局。

精卫之战。

以海战为主题，有替女娃还愿的意味，表达一种反击、力度。

关键词：真相、正义。表达女人对历史真相的全面还原，对正义必胜的人类信念之坚守。

海战中有多种划定，有与女娃相关的若干仪式。女人以精卫鸟为旗，以“精卫”般的声音为对战男人的背景。有扯挂的大幅标语，有飞鸟般精灵少女与阴浊龟男的比照性巨幅漫画，表现美与恶的对阵。

女人们身着“女娃”战服，化身无数个“女娃”对男人发起精灵古怪的攻击。

这场战役里，男人主要体现出在智商方面的弱势与硬伤，彻底诠释了龟类对阵飞鸟的不堪；这种不是一个族类的感觉分外鲜明。

投降的男人在身着“女娃”战服的女人面前，不仅高举双手，还要不停发出“精卫”般声音，以表达对“女娃”的致敬。

巫母之战。

关键词：审判。

以中世纪“女巫”为主题，替被男权社会迫害的“女巫”讨回公道。

这场战役以黑、绿、灰为主色调，以猫头鹰、扫帚、水晶球等为符号，以魔术、魔幻为特色。

女人身着“女巫”服，对男人进行了各种迅猛强劲之打击。

在这场战役中，活现了男人对“巫母”的恐惧，那是一种由内到外全身心彻底的战栗。“巫母”面前的男人，表现得极其没出息，不仅缴械投降，还呈现出下跪求饶、大小便失禁等不堪景象。

巫母之战的最大特色是对男人之多重罪的审判、训诫。

每句判词对应一个打击男人的行动。

投降的男人以痛哭流涕为主要形态。这场战争的后果：战场上留下了男人太多的鼻涕，十分不易清理。

粉红之战。

主要是铺天盖地的“粉红”。

女人要解决的是，棉纱为首的男人迫害“粉红帮”、屠杀女人的历史问题。

这里面分几个章节，将男人阴谋、是非对错做了全面剖析。

这场战争以色度为主要特征，以各种玫瑰花为图符。

这场“粉红”，无穷无尽的“粉红”，逼迫男人回望屠戮女人之罪，简明两性之间战争的正义性问题、是非问题。

军旗、军衣、武器、战场……统统为“粉红”。

在这彻底、全面的“粉红”面前，男人之“绿”显得怯懦而虚妄。

粉红之战，如巨幅、立体的“粉红”诗篇，将两性之间历史问题、是非正义问题等做出了具有充满韵律性的解答。

玄虚之战。

整个战役显得抽象、晦涩、难懂。

体现某种哲学的表达。解读时间与空间。涉及人类一些终极问题，也有人将之称为天问之战。

玄虚之战首先给男人造成发蒙、头痛的感觉，如难解的谜题、棋局。

在“玄虚”之下，男人交不出作业，答不了题，大脑一片空白，频频呈现出被动挨打、愣神呆傻之情景。

玄虚之战对男人还起到了“染色”的作用。

这是潜意识、无形中的感染，战争中的男人也不知不觉抽象起来，引发对生命等哲学命题的深思，以致缴械停战。

玄虚之战中被俘的男人显得比较特别，仿佛刚从一场哲学课上下来，不断发出诸如“福兮富兮腹兮”等感叹。

否泰之战。

否，不顺利；泰，顺利。

体现对现实的一种描绘性，对人生况味的思考，表达某种社会性范畴；具悬疑之色，如同阅读某种剧目或悬疑小说。

男人被卷入、被吸引，不明所以，如入迷宫。

各种关卡的设置与充分转换，各种过渡，各种因果联系，各种隐秘和微妙……

否泰之战，女人使用的是八卦旗，当然女人之八卦与男人的有所不同，女人承袭殷卦，而不是经男人周文王修改后的周卦。

否泰之战下来，男人们满目迷惑之色。完全不对路数，根本不搭调。

悬疑之中，男人损兵折将，惨败连连。

玩偶之战。

主要体现一种游戏感。体现女人的童心大爆发。

女人国摆出全方位庞然的玩偶阵型：变形金刚、芭比、加菲猫、史努比、HelloKitty……还有多种布偶。有无数机关暗藏。

这是个童话般的战争。当然，丝毫没有影响它的残酷性。

芭比与Kitty连手，加菲猫和史努比映衬，变形金刚部队漫山遍野……

各种对阵、陷阱，都是没有童心的人难以破解的，是庸常的男人们难以应对的。

男人败在他们的俗气狭隘上，格局窄小，灵气全无。

最后，以战败投降的男俘们每人抱一布偶为终结。

玩偶之战，女人们游戏得很开心，将战争进行了充分拓展，对童心进行了全面宣泄。

戏谑之战。

以戏谑男人为主题。

这场战争是轻松调侃式的，充分体现了女人游刃自如的幽默感。

戏谑之战如一面镜子，照出男人自己没有察觉之态。表达了女人视界中，男人作为他者的景象。

戏谑之战，女人成功牵扯了男人的情绪。

他们惊讶、哭笑不得、恼怒、羞愤……

女人谈笑风生、轻松对敌，男人手足无措，阵脚大乱，章法全无。

女人以男人的尿布装等作为借用的道具，对男人的各种标签进行了滑稽模仿。比如夸张的阴茎，比如……

此战之后，男人甚为低调，偶尔也有脸红的事情发生了。

坤乾之战。

又名“坤天乾地”之战。

这是一场重头戏，如一幕宏大的歌剧；以信仰性、精神性等为特色；回答的是坤为天，乾为地等问题。

坤乾之战，女人打得尤为玄幻，也很婉约；宏大而不滞重，细致而不狭小，飘逸而不轻浅。

女人队伍莫测之来去，如奇观，如幻影，如神似鸟出没，包抄、围堵、拦截……

男人完全没有头绪，心理上已经傻掉。

玄虚梦幻，神性、优美、雅致；多种颜色的玫瑰花洒来飘去，像一出舞台剧，大幕徐徐拉开……

这场战争，女人没有使用通常意义上的军事武器，走的是高端大气上档次之路线。这是一场女人无兵器之战。经过月经战争等对男人的恐吓和洗脑，女人的战争已达至可不用俗器之地步。

女人甚至没有念咒。女人的武器是唱歌，各种声音的交相辉映。当然，不一定皆是好听的声音，狮吼功、鬼哭狼嚎等也掺杂其中，什么款式的声音都有，其声浪排山倒海，一往无前。

境界最高的部分是优美的和声，那种与天空融为一体的乐音，超越尘世，如天音，从神界降临……

女人的声乐由四面八方袭来。由轻及重，忽近忽远。

傻掉的男人被声音震撼。这有几方面含义：声音的无所不在，使男人彻底陷于女人的围困包围之中，恐惧；声音似天空袭来，如神之乐音，震撼；声音之崇高仿佛穿透、触动了灵魂，泪流满面……

有些男人哭了起来，不知是被吓的还是被感动的，不知是汗颜还是醒悟，不知是动情还是眩晕，也许兼而有之吧。

总之，男人开始哭泣，对着天空，蹲靠大地。

坤为天，乾为地；女人是天，男人是地。女人是精神，是信仰。失去了女人这博大的天空，男人就只剩下物质、技术、庸俗、浅薄……没有女人，男人的人生是不明所以的。

男人在女人的乐音中彻底缴械、投降。

战俘们的造型：纷纷蹲坐于地。表明确认：坤天乾地。

眼睁睁的溃败，眼睁睁的无能为力。

被替换了，被扭转了，有的没了，没的有了……

坤乾大挪移是公然的移转，也是莫测的变幻。

坤乾大挪移之战打得很有意境，涵盖了各种美学观念。有的如正剧，有的似闹剧，有的狗血，有的肥皂，有的悲喜；有的侧重声音，有的关乎形体；有的表现面，有的突出点；有的质朴有的奢华，有的细微，有的宏大……

坤乾大挪移之战是全方位多层次立体的大战，整个世界仿佛移位。

此战之后，男人气息奄奄，伤了元气，再不敢出来与女人打斗，只能龟缩在自己不断被女人蚕食的国土上。

男人国一方面对女人国以送土地及各种资源的方

式换取和平，另一方面开始了愈加惨烈的内斗。男人国内部矛盾、利益纠纷发展至后来，有部族开始向女人告密以对付自己在男人国的敌人。

女人国领袖玻璃美人对男人国来说，是一个出人意料的可怕对手。她投资扶植男人海盗，利用男人国的社会矛盾雇佣男人作战，开始了雇佣男人打男人阶段。

雇佣男人打男人，不战而屈人之兵。女人国从孔雀时代进入玫瑰花时代。

男女两国一度以塞纳河大西洋为界。

造物纪

第四章 男人方程式

随着女人的步步胜利，被女人抓获的男人俘虏越来越多。如何安置他们成了一项大工程，当然可以把他们都杀死，但女人国采取了更具前瞻性的方式：在克隆、无性繁衍等方式没有真正解决之前，男人俘虏供女人配种使用；对男人这个物种进行全方位的科研研究；把男人当作品评游戏消遣的对象……

随着时间的推移，关于男性这个物种的学问、艺术等各学科、时尚在女人国愈加兴盛起来。

每每俘获一批男人，都会有专业人员对之评估打分以决定他们的去向。不少男人往往先后在不同处所履行不同的功能。

种子中心。这里的男人供配种、繁殖使用，专门以交配、生育为目的。送到这里的男人要身体健康，各项指标有利于优生优育。因女人国施行的是国家共同养育孩子的政策，母亲与孩子互不知晓。所以配种要按国家的调配来进行，按照优生原则或特定指向。主要呈现的是排着队有秩序依次交配的场景。

有时候女人们会抱怨丑男太多，有姿色的太少。队伍中时有女人们交头接耳地嘟囔与感叹：“那家伙长得不合逻辑”，“这个长得有点撕心裂肺的感觉”，“怎么长得都跟闹着玩儿似的”……

研究中心。这里男人的特点是种类丰富，因为关乎科学数据，所以重在样本齐全。女人们都穿着白大褂，戴着口罩手套等，手持刻度尺、温度计、放大镜等各式工具，对赤身裸体的男人们作孜孜不倦的考察，从科学出发，对男人这个物种进行深入细致的研究。这些女人被称为“白衣党”。

品娱中心。分为品藏部、娱乐部两部分。品藏部收录的是艺术品级别的男人，是千挑万拣出来的，经过多层次的筛选，并要时时保持更新替换。这里男人的每一块肌肉，表情、动作、声音、肢体都要经得起女人们细细品评和把玩。

女人们均身着晚礼服，边品着香槟、红酒，边对着搔首弄姿的男人们评头品足、指指点点。重点在于女人们皆人手一支大雪茄，都是粗粗胖胖大个儿的那种，所以被称为“雪茄党”。

“雪茄党”从艺术的角度赏鉴男人，设立男性美的标准，定期举办选美大赛，优胜者可以优先成为面首，脱离在种子中心的群交，进入品藏中心或为特定的女人服务。

与品藏部男人古典式的展示不同，娱乐部男人主要进行的是跳脱衣艳舞、与女人们互动、作女人性奴等的各色表演。

女人国的严肃课题：人类的繁衍交配问题，女人如何自给自足地生育后代；男人这种雄性动物灭绝前如何存标本存档……

在克隆等技术一时无法彻底解决之际，女人国男人国都在加紧研究，这是一种生存还是死亡的竞赛。

目前，偷走女人国生下的男婴，是男人国最重要的间谍活动之一。不少男人因扮女装潜入女人国，被捕后沦为女人的性奴和生育机器。被俘男人都被女人国强制佩戴黑三角标志。

女人国对自然界动物的交配方式进行了详尽的探讨，试图借此拓展自身生殖之路，找到解决人类衍续问题的终极答案。

有几种动物引起女性研究者的强烈关注：

鞭尾蜥：无性生殖，这些小小的蜥蜴全都是雌性，通过无性生殖繁育后代，因为它们不能交配，两只雌鞭尾蜥趴在一起相互刺激对方，结果它们都会受精。

螳螂：交配就是死亡的过程，雌性吞食雄性的同时，雄性的“精液”进入雌性体内。

蜗牛：雌雄同体。一旦它们找到交配对象，它们背的那个“房子”上会撒满精子。以两个“房子”碰来碰去的危险性爱方式受精并繁育后代。

红边蛇：雄性长有两个阴茎，数百条蛇扭结翻滚群体交配。

海马：这种小尺寸身形弯曲的物种是雄性当妈，由雄海马担负生儿育女的重任。

……

在女人国，每年由“雪茄党”定期举办的男人选美大赛轰轰烈烈举行着，并逐渐建立了男性外貌评价系统，对女人国的生育问题进行着有益的补充。

开始，很多女人对男人的长相是不大习惯的，你想啊，经过长时期的同性相恋，看异性显然是不顺眼的：上半身少凸起，下半身多个东西……女人认为男人是“异形”，称男人作“什么”。在女人眼里，“什么”长得太突然，很可笑、很杂乱……

逐渐适应了“什么”的奇形怪状后，女人国形成了系统性的关于男人色相品评之长篇大论理论体系：

肉纹松的男人往往肤白，肉纹紧的往往肤黑。皮肤黑但肉纹宽松的容易变白，皮肤黑肌肉紧而结实的难以变白。脸部颜色比身上肤色黑的容易变白，身上肤色比脸部颜色黑的很难变白；肌肤颜色黑，但比较粗糙的不容易变白……

男人的眼珠灵活者为上。眼珠灵活善动、黑白分明的大多聪明些；眼珠凝滞不动而且白多黑少的，一定比较愚笨……

要考察男人的眼珠是勉强地动还是自然而然地动。眼睛一动不动定在一个地方的男人，可以让他来来回回多走动几步，用眼睛围绕他的眼波来观察，那么他的眼波不想转也会自动流转起来……

男人毛发点缀之方式灰常重要：秃、不秃、略秃、长、短、发型、颜色、质地……男人一到秃发色衰的年纪就乏人问津了，精子质量也不好了，娱乐效果大打折扣，属于低档被处理的货色，如果脱衣舞跳得好有技艺的还可勉强维持一段时间。

女人对男人的“人鱼线”有专门研究。人鱼线，学名：腹内外斜肌，指男性腹部两侧、骨盆上方的两条V形线条。男人选美时需在台上走来走去秀自己的“人鱼线”，这是女人国相当一段时期的固定趣味。

男人的眉毛、头发、嘴巴、牙齿、耳朵、鼻子、手臂、脚掌、胸、腿、肌肤、体毛、体态、行姿、气味等都有相应的评断考察标准。

女人对男人的长相、肌肉骨骼尺寸形状等进行细致丈量、存档分类，将男人的下身器官分为数十个等级。对下身器官的对应性关系等进行密码破译和深入总结。

男人面部器官与下身器官的对应性关系等是女人的研究课题。

从测量男人性器官的尺寸推导他的性格特征脾气

色彩，及其皮肤肌骨的关系；从男人面孔样貌表情判断出其身上那个东西的大小质地质量等等……阴茎之长度弹性、皱褶之分类，角度之偏向，偏左还是偏右，抑或居中呢？伸展的次数时机规律……

女人通过对男人阴茎等规律的细致研究，对之形成操控之熟练性，对男性这个物种之心理禀性特征规律有了深入的了解，对男人之形象外貌尺寸行为进行了多方总结。

男人对女人发起的大屠杀行为使女人要重新思考男人这种动物的本性本质，男人当初要灭绝女人的心理动因、生理及社会属性，女人还要判断在未来社会发展中男人的心理程序、行为应对会怎样……

男人下身上那个东西与其面相的相应关系；对男人器官尺寸的测量；每个男俘都要经过仔细研究测量后归档。

女人对各色男人进行了动物、生理、社会、心理、环境等全方位立体的研究。女人们设置诸种情景对男人进行了多重研究考察和社会学测试。

女人们列出的男人方程式大大出乎她们本来的预期，对男人这种“什么”有了非常不一样的发现：

很多男人阴性很重，那是一种令人窒息的阴冷。女研究者对之研究些时日就会压抑异常，有股嗖嗖冒冷气的感觉。那种称男人为阳性动物的说法是错误和不严谨的。男人实际上与蛇、龟等动物有较大相似性；

男人说话总是转弯抹角绕来绕去的，这倒不是他们耍诈，而是因为他们确实就是这么磨磨唧唧驴唇不对马嘴的，这是他们在男人国养成的恶习。听男人说话是件很痛苦的事，不耐烦的研究者时时要通过惩罚以纠正他们的混乱逻辑，否则是种精神折磨；

男人还很喜欢讲闲话。对男人的幼稚孩童化倾向，女人早有了解，但对男人说闲话的特质还是刚刚注意到。男人中是非闲话多，勾心斗角多。研究表明，男人一有机会就嘟嘟囔囔地互相说着各种闲话，并因此不断引发男人俘虏间诸多混乱内斗的局面来。男人说闲话成风，这是女人们完全没有料到的，男人实际上很啰嗦很啰嗦；

男人有了点儿年纪就浊气日盛，人也愈加庸俗与算计。到了中年干巴巴的就多了起来。后来发觉男人污浊的年纪一年比一年提前，不少人小小年龄已是腐臭满身了。这种污浊之气常令女研究者窒息.这是一种无论如何清洁消毒都不能铲除的气韵。与男人隔绝多年的女人对这种污浊尤为过敏、无法适应，为此，女研究者常常要戴防毒面具。女人们感叹：女人那么多年与男人的朝夕相处到底是怎么活过来、怎么忍受的，是对男人这种病毒有了免疫吗？这扑面而来的浊流着实凶猛熏人……

男人之龌龊有的一时看不出来，但时间一长就会返出味儿来，如同下水道的臭气，而且愈来愈臭，臭不可闻，会把人熏倒熏晕。

出乎女人意料的是，男人比她们想象得好管理。他们很顺从，不是被动，是主动地顺从。

男人们很乖，而且如果有人不乖，竟无需女人出手，男俘中自有人为讨好女人将之解决：训诫他、孤立他、惩罚他、出卖他等等。

女人还一度疑虑男人耍诈，后来发现不是的。这要从一位名叫“马路”的男俘之脱颖而出说起。

马路的长相在男俘中显然不占优势：白眼仁很多，黑眼仁很少，没有眉毛；鼻梁是完全塌下来的，鼻孔外翻，鼻毛泛在外面；嘴唇包不住牙齿，呲牙咧嘴，牙齿长得乱七八糟、黑黄青紫的；上身长下身短，驼背……

女人一度为马路的分类犯难。种子中心显然不适合，这样的遗传基因会制造出怎样不堪的后果；因资源有限，种子中心丑男也不少，但马路这个样子还是超出了接收底线。品娱中心更不合适，这样的“什么”放在那里，不仅谈不上观赏娱乐，反倒无比添堵。那么，只有勉强放在研究中心，当作样本之一种了。

没想到在研究中心的马路大显身手，言行突出，给女人“白衣党”留下了深刻印象。

马路主动向女人献计，为女人分忧，时时告密、打小报告，出卖与他一同被俘的男人，在男俘中收集一切他认为有价值的情报给女人。他建议女人整治男俘的招数都极为奏效。他会谆谆劝诫男俘顺从女人并做出堂而皇之的阐释。

马路还发明了一套礼仪，以训练男俘从行动到内心对女人都服服帖帖，直到习惯成自然：男俘见到女人要进行跪拜、叩首，并三呼万岁、万万岁。

马路创作出赞美女人的歌曲，每每带领男俘唱起，都是一副感恩女人的样子且泪流满面。

鉴于马路的众多立功表现，女人逐渐赋予马路一些处置男俘的权力，结果令“白衣党”大吃一惊。

马路即刻果断出手，接连以各种名目杀了不少男俘。这些男俘或貌美或腰直，或略显散漫或没按他的方式说话跪拜唱歌跳舞。其中一稍显玉树临风的男俘，因为没完全合马路的规矩驼着背跳舞，被马路当众腰斩……

马路越杀越猛越杀越起劲，仿佛有着没完没了的怨气，与女人平时见到的那副弯腰低头恭顺谦卑的模样截然不同。

女人“白衣党”忍无可忍完全看不下去了，只好解除了他的权力。

让“白衣党”有些困惑的是，马路这种人在男俘中，不会受到排挤或被联合干掉吗？

这种倾向有过一点，但很快被马路用各种手段破解了。马路只是男俘中一个突出代表，马路式人物在男俘中有着多样化的广泛存在。

男俘中每天都有故事发生。这使“男人方程”愈加丰富。

男人很喜欢告密。男人中的告密者时时呈现井喷之势，男俘们争先恐后记录同伴中的言行乃至表情，向女人揭发邀功，弄得女人都烦了。没想到男人们如此喜欢互相拆台，他们之间的勾心斗角竟如此强烈深重。女人需要时时破译男俘间的真实意图和琐碎关系，防止成为他们打击对方的工具。男人们斗得不亦乐乎，甚至到了女人不强制不拉架，他们就没完没了的地步。若任其发展，他们自己会自相残杀个半死，如果女人略加点码，他们定能自动内斗到同归于尽。这是一种什么样的精神啊，一言难尽啊，不是语言所能概括和形容啊，不是文字能够描绘啊。男人带给女人的冲击是格外强烈的，蠢到这个地步，连女人都看不下去了。

“白衣党”的研究课题：这些男人并没有被阉割，却为何产生了太监一样的行为？这些阉割的来源，是自我阉割还是来自男人国的社会文化组成？

“白衣党”经长期观察研究实验发现：男人与一些动物的特质较接近，仿佛有血缘上的亲源关系：龟、熊、变色龙、鸡、猪、鸭、狗、驴、蛇、狼、黄鼠狼……有时还显现出更加低级生物的特质。

男人与猪类动物的相似之处。对吃喝拉撒的追求到了变态的地步，仿佛除此之外人生没有了别的目的。很多时候一点微毛小利就可以收买。

男人的攻击性行为多指向弱者，面对强者极为驯服。因为卑怯所以会去伤害毫无防御能力的人，因为懦弱所以对弱者极为凶狠毒辣；他们目光短浅自私愚昧……应是龟、熊、蛇、猪、狗等几种动物的组合。

男人与鸡鸭相像的部分也很多。无论动作表情还是处事为人都颇有鸡鸭之风范。比如，有些男人的行为姿态，极像一只鸭子晃来晃去，有的则鸡头鸡脑的；不少男人希望被包养；男人们对鸡毛蒜皮之事的倾力执着与勾心斗角等等。

男人还很有黄鼠狼的感觉，时时有“黄鼠狼给鸡拜年”之路数。

男人有着变色龙式的多副面孔。“什么”是种没有是非的生物，在他们眼里只有利益和站队。他们见风使舵，睁眼说瞎话，假话连篇理直气壮。

蠢驴式的男人很多。他们低级无聊、眼红妒忌，损人不利己，猥琐卑鄙，胆小怕事又落井下石。实验表明，很多男人动物一样活在与别人的比对中，这是一种条件反射般的心理，甚至见不得别人开怀大笑。他们生活的一切目的仿佛就为使别人不舒服。这些成了潜意识，成为自觉不自觉的习惯，成了本末倒置为斗而斗的无聊，甚至根本不知道为什么了。他们习惯囿于局部失之全局，囿于眼前丧失长远，短视、逐利，堪比猪驴。他们的大脑像被什么东西堵住了一样，被门挤过抑或进了水。

男人对等级有种强迫症似的病态执着。一刻不划分等级都不舒服，无论多么小的群体和空间都要分出个细致的等级来才算罢休。这在男俘们身上得到淋漓尽致的体现。分级的目的是为了谄媚和羞辱，对等级高的臣服、跪拜，对等级低的欺凌、践踏。男人没有是非，只有等级高低之说，谁握强权谁就对，权大理大。这一特性与犬科动物近似，谁强跟谁。只要能证明你比他等级高，一切就好办了。

男人有很强的斯德哥尔摩综合症和受虐狂倾向。谁欺负他他对谁好，谁对他好他欺负谁。对他好他会认为等级比他低、是弱者。他们喜欢做强者的奴才并欺凌弱者。很多时候，在男人这里讲道理是行不通的。礼貌尊重地对待他，他就显出无耻下贱的底色。

“白衣党”经研究发现，男人中有种奇怪的机制：怂恿流氓奸恶之小人整治君子端正之人，没事找事，反复折腾；每个君子旁边有无数蝇营狗苟的卑劣小人监视甚至灭掉他。遏制消灭精英、培育奴才小人是男人群体的某种特色。

看来几千年与之相处，女人从未真正了解过这种男性动物。

通过对男人多种动物属性的研究，“白衣党”尝试用条件反射等训练动物的方式训练男人，发现极为有效，成果显著。

男人实际上很愚蠢。他们狡诈，趁火打劫，勾心斗角到极致，却逻辑混乱，缺乏大智慧。

男人初级得令人吃惊，完全处于原始幼稚文化状态，却曾掀起了灭绝女人的巨大风暴，真的是不可思议。男人这种动物低级得令人发指，男人的落伍不是几个指数可以表示的，他们到底靠什么蒙女人蒙了几千年，是暴力、洗脑和女人的雌激素发作?如此弱智低等的生物还曾令女人爱得不亦乐乎，这是怎样的悲剧和玩笑，是多么大的荒诞？女人被遮蔽被洗脑到了何种令人触目惊心的地步？

女人国得出结论：

永远不要高估男人的智商，永远不要低估男人的愚蠢。

别拿男人不当动物。但把男人当成动物又有点委屈了动物。

男人低劣得出乎想象，由他们带领的人类走向什么境地可想而知。

经过对男人阴茎的细致研究，女人国确认了男权宗教都属阴茎教的结论。女人认为，从阴茎这个切入点进入，可以解释男人世界的各种事情。

“白衣党”对男人进行多方比对研究后，对男人的了解愈加科学和深入。女人国对男人国采取了全新应对之策，雇佣男人打男人的理论愈加成熟。

女人国对男人俘虏进行感恩、洗脑等训练，效果还是很可观的，男人们纷纷感动得痛哭流涕，每天唱着歌颂女人的歌曲，跳着谄媚女人的舞蹈，为讨好女人挖空心思，争当受宠的男人。他们涂着烈焰红唇、抹着销魂香水向女人展现自己的性感。男人的胡子被制成不同款型以对应不同偏好的女人……

人类男女两性的底根是什么，世间众生之根底呢？这是个深邃的命题。

造物纪

第五章 木马 肿么了

女人与男人战争史上那次众所周知的木马大战甚为关键，这在《她世纪》中有所记载，因女人领袖古丽借鉴古代的“木马计”而得名，也因女人此战的失败而决定了历史的走向。木马大战过后，女人领袖古丽牺牲、女人抵抗主力死伤惨重，女人几近被灭绝。这是女人历史上永远的痛。

为纪念男女大战的胜利，男人国制作了一个巨大的木马摆放在男人国都城巨石阵。

巨石阵是男人国核心之地、精神寄托之所，而木马成为男人们狂热崇拜之物。

木马计被男人做了多种诠释和应用。

男人国国王棉纱说：堡垒是最容易从内部攻破的，“新木马计”告诉我们，要从内部夺权。

木马计及木马由此深入影响了男人国的各个方面。

在巨石阵广场，这只木马默然耸立，神情似有不同呈现，有时微妙有时陡然；这内存多重镜像的巨大装置，宛若从天而降挡住去路，人们迷惑地望着它，一时无措。它前所未有，它金光闪闪，它艳丽神秘，它莫测不语。

人们推着它在城中游行，述说故事和传奇。它出自人手，它有形无形，它置人身外，它无时不在，它为人所役，它役人不怠。

木马，这巨大的装置遮挡着人们的视线。这机关，这曲径，这历史，这人的制造物，这自在，这衍生，这从容，这谜团，这蠢笨，这逻辑，这粗砺向度，这一无所知，这恍然大悟，这穿越与拦截，这落下与举起……

每年当无数头迁徙驯鹿从巨石阵横穿而过，与默立的木马遥相呼应，给人留下了不可磨灭的印象。而皇家场苑的麋鹿、驯鹿、驼鹿、马鹿与斑马、角马、汗血宝马等之相辅相成也颇为可观。

鹿之美丽，马之神秘，如何让人们参透，这巨大的玄机。它的转移有理有据。

男人国对战争中的动物都有所纪念：火牛阵中的牛、火鸡阵中的鸡、猴子阵中的猴，山羊阵中的羊等等。相应的斗兽游戏：斗熊、斗牛、斗鸡、斗狗、斗猪……

动物往往成为男人国大臣们身上的装饰，并以此区分不同等级。使用最多的是不同图案的鸡，大公鸡、红冠鸡、白公鸡、母鸡等，后来母鸡被撤销了，改上童年小公鸡……等级最低的是小鸡仔。

鸡是感应太阳而大鸣大叫的鸟。鸡最早和鸟类一样生活在树上。鸡是重要的图腾符号，有的部族将之当作凤凰似的圣鸟看待。

在男人国到处可以看到抱鸡而行的人，相当长时间内这是一种时髦。

狗是在人为干预下逆向进化的结果。有人觉得狼是天生的哲学家，忧郁的眼神闪耀着思想的光芒。那么当狼变成狗以后呢？……

关于蝙蝠，关于野猪和鳄鱼。

男人们一度对羊驼的驯养成风。羊驼不仅可以提供优质驼毛，还是一种漂亮的动物。其中白色羊驼最受欢迎。

羊驼的长相每一只都不同，像人一样有着千差万别的面孔。羊驼的口水很有名，它们有生气时冲人吐口水的习惯，是一种外表可爱内心暴躁的动物。

男人们认为羊驼出人意外地迷人，牵着一只羊驼在身边行走是件相当美妙的事情。

男人国流行语："不想做木马的驯鹿不是个好羊驼""未解决"……

相传历史上第一个木马是个叫鲁班的制作的，这个木马可以活动行走，它的机械力和承载行动力已具相当水平。

后来关于木马的典故和说法越来越多，关于木马的制造，关于木马的走失，关于木马的力量，关于拜马神、祭马祖等等……

有歌云：“旋转的木马，没有翅膀，却能带着你飞翔……

民间传言，晚上木马会悄悄活动起来，跑到森林、小河边吃人或将人踢死。有几任国王出事都被传与晚上偷偷出来吃人的木马相关。

这个阶段木马被称作“神马”。关于“神马”的传说越来越多。

木马教日益兴盛，并在男人国形成一狂潮。

木马玩具、艺术品等有各种造型：斑马、角马，甚至河马等等，更有的木马制成类鹿的造型。后来，似鹿又马的多被视为极品，此种学问被称为鹿马学科。男人国把玩的玉器都做成又鹿又马的样子，以示高端。

男人国重要场所都是鹿马混血的标志，韵味无穷。

个别时段，木马甚至被称为驯鹿，外延延伸至马鹿、驼鹿、麋鹿等。

在木马被称为“神马”的日子，吃人肉格外盛行。无论皇室还是民间都将之作为治病的药引、偏方或祭木马仪式中一个重要成分。以木马为背景吃人肉，在木马的祭坛前吃人肉等都成为国之大典的重要一幕。

男人国在歌舞伎时代发生了一件举国震动的大事：女人国将巨石阵那只木马弄走了。另种传闻更令男人们不安：木马这只“神马”，于夜间吃了些男人后，跑去女人国立足……

此事之后，男人国掀起制造木马的狂潮，木马型城堡、木马型议会、木马型庄园、木马型村庄、木马型道路……

这浩大的木马工程，无可抵挡。男人国痴迷于此，一刻不停歇。木马，遍及国家的每个角落。整个国家变成了巨大的木马。这庞然大物笼罩了一切，男人国成了一个以木马为中心、为木马服务的国家。木马成为圣物和消费品。

各种稀奇古怪带着木马痕迹的城堡被创造出来，这些耸立于世界各处的大体量装置如强烈的隐喻，各种歪斜、嫁接的扭曲形象，令人油然而生一种疯狂之境界。这人类动物园，这宏伟的人类游戏场，这庞大的疯人院，这巨大的哭城。

木马，这巨大的人为物，这历史之遗存，这添加与生长，它无所不在，不知不觉潜入人们的生活，它由人制造又反过来将人支配，人们受制于它身不由己。它如一个异化的尾大不掉的畸形之物，一个不受控制的巨大垄断的存在，反过来吞噬异化着人类。木马教发展为木马公司。木马成了一巨大的产业。男人国的木马公司，成为支配一切的强大力量。从国王到民众的吃喝拉撒，乃至性交的权利都由木马公司这无所不在的庞然大物生意框架决定。公司将触角深入人们的每个空间。

对木马公司来说，生意，一切都是生意，为了生意不惜制造或平息一场战争，是非不重要，是男是女不重要。

在每一场世界重大变故背后，都能看到木马公司的身影。经济危机、政治事件、战争的有无、与女人国的勾兑……目标都指向钱、钱、钱……这一点被女人国大加利用。

木马，肿么了？确实肿了，还肿得很大，且看不出丝毫停下来的迹象，仅显现肿成千姿百态万紫千红之无数种可能性。肿物的生长和扩大。木马病毒全面扩散。

木马，使一切平衡或失衡，其摇曳的姿影、气息随处可以感知。

木马，这巨大的肿物在男人国增生蔓延。木马精神，鹿马精神……木马渗入男人国的灵魂。

是什么驱使此人奔跑？是什么令驯鹿如此迁徙，是什么使马儿驰骋？又是什么让木马耸立？

肿物越来越大，于分岔小径的路口，不断衍生、增长。

这前所未有的冲击，这五颜六色的谜团；这管线密布，细不透气；这不明指向的空气，莫测的暗语。

如此抽象、碎片化，如此游离变幻而抽搐，如此充满了风险，人们如羊驼般迷失。

这事件与捉弄，清剿与排查，这线索及本相，这脉络和幻化。

这狼与狈，这熊和花朵，这走失的葵花。

一切坚固的东西都消散了。

纸屑漫天飞舞，无源无故的，无始无终。

大块大块的云朵一点点翻转并移动过来。

他走出来，再走过去；他蹲下，他翻滚，他行，他止，他顿挫，他徜徉，他徘徊，他饱满，他恍然，他释怀，他错位，他狂呼，他呐喊……

他衔接、他游离、他拉伸、他请求、他犹疑、他眩晕、他蓦然；

他可前不可后，他有重力、有重量、有关系，他纵然，他所以，他而且，他隔离，他解决，他完成，他盖、他堆、他掀起……

关于莫测你会怎么说，左一下右一下，上上下下，五五六六的。

鸡怎么想？鸭怎么想？猪怎么想？驴怎么想？

关于行动呢，关于咆哮与底调呢。

对一只雪茄的凝神静思。

每一口气的呼入吐出都强人所难。怎样罗列。

这嘘呵，这情绪对应物，这僵硬的属性；这举动之准确，这穴位，这笑声，这肌体，这舞步的划定；这制造，这仪式，这气味之纵切面；这画面的缺失，这不对称之居；这色饱和度之传奇，这反射的乳白，这夸张，这悬浮与磁力……

他摆动枪支，他安慰，他劝诫，他剥夺，他诱惑，他侵蚀，他匿藏，他遮蔽，他暗示，他控制，他柔和，他躁狂，他缓慢，他消耗……

他在木马里，他在木马外，他在木马前，他在木马后，他在木马上，他在木马下，他在木马左，他在木马右，他在木马中……

造物纪

第六章　绿时代与粉红

男人国历任国王，经过“秃头”与“不秃”的多重快速更替之后，又经过了“大胡子”、“小胡子”、“没胡子”、“小胡子”、“大胡子”等不同形象的变迁，到了尼卡这一任，事情发生了根本的变化，迎来了尼卡绿时代。

尼卡放过羊刨过地当过乞丐，最终以一个军队的队长起家，将前任国王拉下了马。尼卡即位后拒绝国王名号，坚称自己仅仅是大众的服务者，他永远只是一个“队长”。尼卡喜欢“绿色的”，平时住在绿色帐篷中，在绿色帐篷中办公，总是一身绿色的尿布装。绿色与男人早期的环保组织“绿党”同宗同源，显示了其正室范儿、正统合法性，重新凝聚了男人国精神。尼卡有时还亲自干一点农活，每年都会拍几张种庄稼、喂羊驼等的照片，受到男人们的拥护。

尼卡喜欢养鹿、马等，有自己的专属鹿场、马场、农场及动物园。其中最有名的地方叫驯鹿坡。里面有驯鹿、麋鹿、马鹿、驼鹿、骆驼、羊驼、山羊、绵羊、羚羊、斑马、角马、与狗一样大的矮脚马等。他尤其喜欢羊驼和马鹿，也喜欢驼鹿。他对羊驼的口水很有兴趣，时而会看着羊驼冲人吐口水出神。

尼卡有时给自己头上或胸前插上几根羽毛，然后骑鸵鸟而行。

不少人觉得尼卡拥有大开大阖不拘一格的迷人个性。

尼卡如棉纱一样有着非凡的演讲能力和强大的煽动力。他没有像棉纱一样做美容整形手术，而是侧重于对手形的精心研究。他对每只手的五根手指进行了细致划分，以包装自己的外部感染力：

一指禅。主要是体现某种力度及确定的情绪；也是指责、霸气的表现。

二指V字。竖起来是胜利之类的表示；横起来是手比“ya”字拍照；有时也有骂人“二”的含义，这就要靠尼卡自己对分寸的拿捏了。

三指兰花。相当娇俏性感风骚，展现个人性魅力，可争取更多的选民拥护。

四指，除大拇指之外的四指，是卖萌的意思，当解释什么事情时往往使用这一款，容易让人接受，表示解释说服及陈述。

五指全张，是大巴掌蒲扇式，也为煽风胡噜式，往往鼓掌时使用，体现一种煽动力、高潮和凝聚力。

多种手形的灵活运用为尼卡博得了巨大声誉，甚至被提升至佛手印般之地位。手印是密宗的象征，早期佛教奥义主要体现在密宗里，手印用来回答一切不可言说的神秘事物和智慧之精髓。

尼卡还掌握了面对民众的多种程序：庄严式、痛哭流涕式、深沉式、诚恳式、微笑式、狂喜式、旁门左道式、胡言乱语式、煽情式、安静平稳式、不动声色蛰伏式、莫测式……不同方式会引起受众的不同反应，尼卡对此驾轻就熟。如，让人落泪的三层桥段等，是一种“按部就班游戏”，是一种专门的设计。尼卡按这样“三段式”路数一来，民众定然纷纷泪如雨下，屡试不爽。尼卡团队认为，人的感受、想法和举止是可以操纵的，只要借由设计过的言语、暗示与姿势来影响人的潜意识。

尼卡作为政治家有着很经典、独门的几个桥段。这些桥段一出，很容易从各个角度征服民众，达成良好效果。尼卡每每出场，动作表情都有所设计；每个动作都是有意图的，每个字都有隐含的意义，每个隐含的意义都有重量。

尼卡之风格被后人称之为“快速引诱学派”，对民众短时间达到引诱征服成功的效果。这方面尼卡是个天生好手及后天养成专家。

尼卡很勤政，他的著作《绿男书》在男人国人手一册，被称为泛绿教，别名木马教。

尼卡随后进行了一系列举措。大力推广新生活运动。

新生活运动与向男颇有渊源，要从向男的一日惊魂说起。

那日，向男给自己敷了面膜，洒了香水，做了牡丹花图案的美甲彩绘；身上各种有毛的地方都经过了仔细加工；他修了眉化了妆，还戴了朵石榴花作装饰。

向男没有想到，他这一日出门引发了怎样大的地震。

他本要给恋人春哥意外惊喜的，没想到成了意外惊吓。

春哥与文文竟然裸身在床，滚在一起。光着身子，是光着身子呀！

向男眼前发黑，脑中如电闪雷鸣，世界瞬间有坍塌之感。

文文裸身上那大朵大朵的牡丹花彩绘，刺目地给了向男解答。春哥格外喜欢牡丹花，有些偏执地喜欢。

向男冲向文文厮打，对着春哥大哭大闹要死要活；春哥尴尬拦挡，措手不及……

正当“三角”无解之时，又一个不速之客的到来，使现场变得愈加混乱。甩着一头青翠长发的小绿来了，小绿是文文的恋人。

好戏开场了。四人不仅相识，还有着错综复杂的过往：小绿曾甩了春哥，向男曾甩了小绿……中间还有各式不清不楚的交叉，他们之间情感纠葛错位之复杂状况很难一下子说清楚，几人互为情敌，不仅仅是指向一个方向的循环，是多角缠绕立体式的。此时此刻，如同某个机关被引动，每个人都被触发起心底的痛来，爱恨情仇一齐发作，顿时变成一场混战……

他们撕、扯、挠、抓、踹、飞脚、拳击、扇耳光……有头发的揪头发，头发少的扯衣服……

每个人身上都挂了彩，向男的金牡丹长指甲折断，化着精致妆容的面孔鼻青脸肿，春哥肌肉健美的身体被挠得道道血痕……几人鲜血四溅，衬着小绿那一头长长的绿发，视觉效果格外触目。

这“殴打四人组”从家里打到大街上，围观的人越来越多，交通阻塞，甚至引起拉架人之间的混战。总之是乱了套了，“四人恋”由此曝光。

其实，在男人国，四人之间的多重错恋并不鲜见，不值得大惊小怪。但向男们这次不同，他们赶到了某个特别的点儿上，于是一切被格外放大了。

四人打架的场景得到反复渲染，每个人打斗的姿态被制成动画进行招式分解。男人国一时间到处是关于这四人恋的话题，四人大战风靡全国，引发全社会强烈关注。

尼卡的积极参与使之成为一重大历史事件。

尼卡亲自对事件进行点评，将“殴打四人组”作为风气败坏的典型进行处理，并对男人国长期以来的生活作风问题进行了彻底批判。尼卡就此“四人血案”的恶劣，说明男人国推行“新生活运动”的重要性。男人国不能再这么混乱和萎靡下去了，应该规范振作起来。

新生活运动的序幕以此拉开。

向男、春哥、文文、小绿四人互揭老底，其中向男的揭发正中尼卡下怀。向男揭出春哥喜穿“粉红”内裤的癖好。

在“绿色”尼卡时代，“粉红”代表的是敌对的女人国的颜色，骂人称为“粉红”，夸人用“绿色”。但在早期，“粉红”并未达到极端敏感不可触碰之地步。现在不同了，春哥喜欢“粉红”内裤这一点被尼卡最大限度地拿出来了，作为新生活运动的反面例证。

“粉红”罪行确定后，春哥被处死，文文死缓、小绿无期。后来，文文和小绿死于狱中。

唯有向男被尼卡留下来进行表彰，认为他功大于过，他是上当受骗，他大无畏的检举精神，使男人国破获了一个威胁男人国安危、败坏男人国风气的“粉红”团伙。

此后，男人国抓“粉红”成风，开展了轰轰烈烈的挖出“粉红”特务活动。男人国人人自危，不仅担心自己曾有的“粉红”痕迹，更唯恐被身边人告发，尤其是知情更多的恋人。有的人为自保先下手将恋人托出，尽管恋人并没有准备告发他。结果，随着恋人的被捕，一些“把柄”确切呈现，二人双双被处死。巨大的恐惧使人们慌不择路，也往往做出最低级弱智的选择。

向男被尼卡树为榜样，获了不少奖项，并得到尼卡多次于绿帐篷中接见的崇高荣誉。向男一时风头无两。

向男将自己的面膜、口红、香水等化妆品当众毁掉，以显示自己开始新生活运动的决心。

向男不仅将自己曾经精致的妆容全面扔弃，而且着意使自己的形象朝简陋粗鄙发展。他甚至不允许自己过于清洁，浑身上下时时携带着泥污浊物之印痕。这与尼卡时不时干两下农活的形象较合拍，赢得了尼卡的欢心。并由此在男人国掀起正宗的泥污造型潮流和时尚。

尼卡的新生活运动去除了男人喜欢戴花之恶习，一切归于简朴之绿。之前男人喜欢头上戴着石榴花、菊花、芙蓉花、四季花等出门。

新生活运动规定，即新秩序：男人国结束性混乱的生活状态，确定二人配偶组合，实行一A一B制。法律规定，一个人只能有一个配偶，且只能是性爱中的A角配上一个B角，其它方式为不合法。

新生活运动的特征：推崇集体生活。尼卡认为人多热闹，人多力量大。他对团体有着无比的喜好。尼卡希望男人国有整体统一的安排，把每个人的需要都固定下来，如干什么活儿、穿什么衣服鞋子，读什么书，听什么话唱什么歌想什么事等都进行统一计划管控和分配。

虽然苦艾酒被称为“绿色的精灵”，与“绿色”同源，但因其传说中的致幻作用（后来查明是因酒精度数高所致），不利于人保持规范和理性而被禁。

野合节等也相继被取消。尼卡无法忍受“不规矩”，看到人们不“规矩”他就焦虑万分。

新生活运动力图将全国之力放到针对敌人女人国上。最重要的是劳役和兵役，即干农活和参军打仗是被提倡的。军人的服从和农民的劳作构成核心价值，而为了新生活，为了革命，为了领袖牺牲一切更是被大力倡导。

其它如经商或不切实际胡思乱想不务正业的人都被打击和批判，投机倒把会被揭发、惩罚。很多歌舞娱乐被认为易消磨人们意志军心而取消……

一切提倡在固定规范的位置上，凡是不好控制和量化的东西都取消，不利操控的都要禁绝。

警惕“粉红”间谍是男人国之重大事务和国家中心。对新生活运动有异议的是当然的敌人，是“粉红”间谍。

尼卡的各种对手，如，比他“绿”的，比他识字多的、受欢迎的，不驯服的……都被打成“粉红”特务。

一旦被划入“粉红”阵营，一切就算完了。

尼卡时代除了“粉红”就是“绿”，没有过渡，一切与之相关，一切以“绿”为中心，以“粉红”为敌对和大忌。一切归位于“绿”和“粉红”。不带上这两个字，人们几乎就不会说话了。谐音、联想、能指、所指等众多的语言禁忌使人们不敢轻举妄动随意说话，一不小心就会进了雷区，惹来杀身之祸。同时，由于可以使用的词语非常贫瘠，话语系统极为单调。人们除去“绿”和“粉红”确实表达不出别的了，也想不出“绿”“粉红”之外的词句。所以凡是表达好的意思中，都加上“绿”之类的词汇，表达不好的都要用有关“粉红”或女人的词。驴唇不对马嘴更是表达中的常态。

人们的头发唯一允许染的就是绿色。

绿衣服、绿头发是这个时代的标配。

这个时代夸人是这样的：“你真是非常非常绿色呀。”“你为什么这样绿！”骂人是这样的：“你太粉红了，你这个无耻的粉红三角！”对方回击：“你才是粉红三角！你情人也是粉红三角！”“我是绿的，有我的帽子为证。”“我头发是绿的，帽子也是绿的！”“你帽子是绿的也不等于你不是粉红三角，你就是粉红三角！”“你才是粉红三角！”……剩下的往往就是动手狂殴了。理是讲不清的。

为确保新生活运动彻底实施，尼卡大力采用人盯人的方式，严密规定五人一组，互相监督牵制，一人出事，相关人员被悉数严惩。若有人离开为之划定的地域范围必须通知五人组。所有事情五人组共同担责。

人们要戴绿字、绿标。与棉纱时代人们靠各种鸡的图案区分级别不同，尼卡时代通过马、鹿、羊驼的不同图案划分人的级别。男人们都被固定于一个齿轮、一个点上；擅自移动，意味着犯法，不仅没有食物可吃，没有处所可以容身，没人敢收留，没有身份，还会被人揭发告密，被捕是分分钟的事情。

当各种事物都纳入轨道，对性关系的进一步规范就不可避免了。

男人国中的B角是否裹小脚的问题提上日程。脚是个古老的性的象征符号，裹小脚源于很多年前的性游戏，但一直没有大面积流行。当初的国王棉纱是性爱中的B角，现在的尼卡是性爱中的A角，加上社会各种机缘的水到渠成，如，男人国经济状况下降，就业机会减少，B角被规定留在家中做家务……

男人国裹小脚之举措就发展起来了。

裹小脚从孩童做起，但已成年的B角男人也要裹上，达不到三寸金莲也要把脚最大限度地扭曲变形弄小；更有不少为了达标做手术去除一部分脚骨的做法。

裹小脚之后，男人国产生了不少社会问题，A角与B角的矛盾愈加激烈。被裹了小脚的B角整天传闲话说八卦。他们的兴奋点就是看见别人不顺，别人顺了他们就不高兴，他们看不得别人高兴。

不知是不是棉纱的下场使尼卡心有余悸，作为A角的尼卡把A角男人通通看成对他的威胁。潜意识中也许男人国只有他一个A角才合他的心意，他才会有安全感。

尼卡采取了扬B抑A策略，发动B角讲闲话的优势，揭发整治A角。

男人国这种对A角男人的排挤打压一直明里暗里的持续，使得自愿裹小脚转向B角的男人越来越多，阴气日盛，男人国进入山寨雌性时代（男人潜意识中对女人的模仿，这是从心灵结构的哪部分跑出来的呢，没人专门探讨和总结过），战斗力不及女人国。裹小脚使一多半男人丧失了战斗力，差不多残废了。

不知尼卡是否对裹小脚的决策有过一丝后悔，裹小脚不利干活打仗，男人国的国力战斗力大幅下降。但这毕竟解决了他心中的根本情结，解决了他最为看重的权力威胁问题。

新生活运动后半期，各项举措日趋严密周致。男人国实行了全面按比例配给制。一切需要配额和申请。禁止自由迁徙，人们一举一动都被规范，力争不留一丝空间和缝隙。每人隐私要详细汇报，包括发生性关系的次数。一旦被发现超额性交而没打报告申请，则将按情节的轻重处以劳役、罚款、流放、监禁、判刑等惩治。严重的如穿粉红内裤等疑为叛国的行径也有判极刑的可能。

不规范的动作、行为甚至表情都会受到干涉、怀疑、排斥、打击、告发、处罚等。如，一个人在某处莫名地走来走去会瞬间引起旁人的怀疑、告密，乃至上纲上线、批斗等。轻则被认定神经不正常，关进精神病院；重则被打成“粉红”间谍就万劫不复了。

男人们的表情日趋一致。大家同哭同笑同感动：该笑的时候不笑，会被认为对社会不满、别有用心；该哭的时候不哭，则是心怀鬼胎、图谋不轨。

鼓励告密者去搜查违反法令的人，只要有人说怀疑某人在住宅藏钱，便可以得到一张搜捕证。经常有人看邻居或什么人不顺眼，嫉妒，就揭发他家藏有钱币，达到整垮对方抢夺好处的目的。

各种监督被鼓励，以期时刻发现敌情的蛛丝马迹，打击对新生活不满或做得不到位的人。比如，有人今天皱了一下眉，明天因某事表达了一点困惑……点点滴滴被人整理归纳起来就成了重大罪状。人们无意中零碎流露出来的东西都会被汇报、告密，写成文字装进档案，之后被判刑、专政。

人们从来不知自己的档案中被写进了什么。

有种程序很盛行：先专政，后凑材料；先上纲上线定性，再甄别处理。不允许被专政者进行申辩、澄清，以体现新生活运动的至高无上及压倒性力量。

每个人都被无数只眼睛监视着，如同箍在头顶的一团空气，令人艰于呼吸。男人国上下弥漫着惶惑不安的氛围，一个眼神都可能引发一场血案。大家时刻绷紧着“粉红”敌人这根弦，到处是紧张不堪的神情。

以李亮为代表的一批人脱颖而出。这些人平日不大好辨认，外表老实的、张扬的、诚恳的、热烈的、老的少的A 的 B 的等等都有，一旦出了事体，往往为时已晚。

李亮们的存在导致人人自危，并为自保纷纷去做这样的人，这也是一种时尚。李亮的独门绝技是变脸比翻书快，且变了之后完全认不出其原来的样子，简直不是一个人。他面目表情的陡然涂改之功令人惊叹。

说起来向男是有恩于李亮的。但这说明不了什么问题，没有任何意义。

李亮有目的地靠近向男，他看出这是一块能成就自己的最好的垫脚石。李亮不断寻找机会，没有机会就创造机会。

李亮对向男不着边际的揭发给了向男致命的一击，为什么不着边际也可致命呢？因为运动发展到这个阶段了，社会需要，运动需要，尼卡需要，在这个节点上正需要这么一个东西。李亮抓住了，瞬间飞黄腾达。李亮是真正的“混不吝”，在李亮面前，向男完全落了伍。如果说，向男当初揭发春哥是无意中迎合了尼卡，李亮则是绞尽脑汁制造的了。李亮还拥有向男比不了的先天优势：李亮是地道农村出来的，泥土味更正宗。向男毕竟是经过改造的，有些做作，时不时还有某种令尼卡不舒服的小资尾巴若隐若现。

向男被游街、毒打、入狱，九死一生。

尼卡从社会结构入手，一步步清理规范，打造出绿时代新生活运动，直到男人国无处不绿色。新生活运动也是军事化运动，力图使男人们能做到整齐划一。尼卡是个军人，便喜欢将男人国变成一个大军队；他出身农民，便希望全国人都在地里干活。尼卡之“绿”细化到男人国的各个角落，从物质到灵魂无一处死角。新生活运动后期，生活作风不正派可判死刑。没有性生活者更受推崇。尼卡说，男人做爱相恋又生不出孩子有什么用，留那个力气不如多干活、当兵打仗；克隆技术一恢复成功，人就完全是个数字了。

尼卡认为男人国要重振精神，就不能吃太饱穿太暖，勉强果腹即可，不能有“私”，这样才能全体为一个目标努力。新生活运动规定：任何人在配给之外多养一只鸡、一头猪等是犯罪行为，要给予严厉打击。尼卡认为“饱暖思淫欲”，吃饱了就会多想，会得寸进尺。男人国社会财富一度有所增长，尼卡坐卧不宁，立即规定旧币换新币，使人们财富丧失和缩水。

尼卡是个完美主义者，有着强烈的不安全感，看见没有标签不确定的东西就不舒服，看到别人不在他的框子里就焦虑万分。尼卡的不安全感来自多个方面：人们富裕了，人们自在了，人与人之间关系好了……

尼卡之痛：识字少。“绿男书”及相关衍生物“绿帽子男”等都是别人操刀根据他的意志写作而成。

尼卡很有带动力。那天，他的衣服上打了个补丁。大臣们察言观色很快跟进，没几天，满朝文武聚合议事，个个身着破衣，灰头土脸，俨然丐帮大会。

尼卡最喜欢的一个字“整”，他的口头禅：“我就不信整不了你！”尼卡有各种手段和招数，能超出一切界限自由转换，在这方面他的创造力永不衰竭，男人们即便无条件忠诚顺从也朝不保夕。

尼卡给人印象最深的是他强烈的饥饿感。他是一个饥饿到骨子里的人。那是一种填不满的饥饿，如同无药可医的病症。不断地想要、占有，永远也不够，总是怕失去。

尼卡喜欢黄金马桶，他常常要抱着自己的黄金马桶入睡。这可能源于他幼年的某种匮乏。虽然他的黄金马桶不计其数，但他还是不安心，他时时会做丢了黄金马桶的噩梦。

与棉纱注重如厕仪式上的讲究不同，尼卡侧重在黄金马桶含金量上。同样是注重拉屎这一步，棉纱文艺青年特色鲜明，尼卡则处处体现出对之的反动。

尼卡斩钉截铁地将如厕服称为拉屎服，并表现出不屑一顾的姿态。他时时以棉纱为戒，誓言决不重蹈棉纱的覆辙。

尼卡喜欢在上厕所时做事，很多国家大事都是在如厕时敲定的。尼卡对坐便器的迷恋达到了相当的段位，不仅睡觉时抱着，外出时还随身携带。他不喜欢钻石马桶、翡翠、珍珠或各色宝石马桶，他独独热爱黄金马桶，金灿灿的那种360度全方位立体纯黄金。

尼卡习惯坐着马桶开会。尼卡每次旁若无人地坐在马桶上，会议便开始了。尼卡后来规定，开会时所有人都要坐在马桶上讨论问题。

马桶会议不可避免地开得臭气熏天。在此过程中，臭气对会议构成了莫名的潜在影响力。有时往往因某人、某几个人的某种型号的臭气而决定了很多重大事务的走向。

后来的歌舞伎时代，开会拉屎的习惯去掉了，但形式还在，每个人都象征性地坐在马桶上，只是不必真的拉屎了。

新生活运动过后，尼卡将运动提升到新的层次，男人国进入了推行“大撤民、大锅饭、大生产、大清洗”等运动的乌鸦服时代。这个时期的最大特征是全国一片乌鸦黑色。黑衣黑裤是每个人的标配。由国家统一发放，每人两套内外衣裤。禁绝其它服装。据说，这身行头有利于人们在夜间相互监督。当时夜间少电，一片漆黑，黑衣黑裤便于夜间隐藏，偷听人们的言论，监视人们的行为。

尼卡认为新生活运动远不够彻底，乌鸦服时代才能将男人国变成真正由军人和农民组成的新社会。

消灭城市，迁出居民下乡务农，毁掉家具、冰箱、电视、收音机等生活用品。

社会上各阶层资产被悉数收回，所有人靠尼卡发放的配额生活。废除货币，物物交换。关闭学校、庙宇、出版社、报社等，全国留一家电台，只在尼卡讲话等需要的时候集体组织收听。取消邮电、公共交通等。国民不能通信，非公差外，不得离开自己干活的集体。交通工具只供军队、机关等公职人员使用，乘坐者必须开具公出证明。

大力推行农业主义。在农村所有人集体劳作"大生产"。天天吹哨出工、下工。田地里但见一片片黑衣人挖土挑担、浇水种地。

吃大锅饭大食堂。一天三顿饭被认为多余，定为两顿。都是些稀饭粥水，很难填饱肚子。凡自己想办法找食吃的，轻则被罚，重则被处死。

A 角与 B 角分开劳动和居住，性生活犯法，禁止人与人之间恋爱，禁止人与人之间有亲密关系。

"大清洗"主要是对"旧人"进行彻底清洗。清洗标准：有文化的、戴眼镜的、手上没茧子的脑力劳动者。如，教师、学生、僧侣、商人、医生、工程师、学者……

清洗方式是分批进行处决。

向男是趁着掉队的机会逃走的。看着身边人一个个被带走了再没回来，越来越多的人都消失不见了，他知道自己也没几天了。向男为摆脱追捕，还制造了一个暗示他已被河水冲走淹死的现场。向男逃到个无人认识的深山里。这是一个艰难的历程，本来人们是无处可逃的，每个人都被详细监视和记录在案，本来是没有一丝缝隙的。向男为活命使出了浑身解数，他装哑巴，装傻，把自己弄得脏兮兮粗糙不堪，弄成大字不识一个的文盲的样子；他在山中尽力帮助他人以获取人们的好感……

即便这样向男也差点被处决。经过阴错阳差、千难万险，最终还是活下来了。

乌鸦服时代所谓"开会"就是集中秘密处决的意思。被叫去"开会"的人很少有机会回还。通知谁开会谁就大祸临头了，大家逐渐心知肚明却无法不去，这是没有办法的事。向男除了费尽心机百般周折地躲"开会"，更是靠偶发的运气，才使他逃过一劫。

向男后来发现，处决的标准并不是全然恒定的，不仅识字多、皮肤细幼白嫩的、卫生状况好的等类人要杀掉，不识字的、污浊丑陋的……也杀，好看赖看的各种各样的人都杀，用各种借口杀人。相对恒定的应该是处决的数量和比例，杀人是有指标的。乌鸦服时代信奉大批杀人和铲除，认为必须杀一定量的人，而且要不停地杀，才能达到真正的"清洁""环保"和"绿色"之目的，这样才是对男人国前身"绿党"精神的真正传承、彻底执行。

乌鸦服时代李亮被打倒，这是尼卡式运动的标准逻辑，拉一批打一批，再拉另一批打这一批，循环往复以至无穷。一切尽在尼卡掌握之棋局。李亮没被处决已算万幸。

尼卡进入老年，控制力减弱，与女人国关系内忧外患，事情发生了变化。

有关尼卡的小道消息在男人国广泛流传：尼卡仅打过一次胜仗，其它的是通过各种手腕将他人之功化为己有。他打倒政敌，以权力反抗者姿态出现，但他是借助女人国力量打败政敌，暗地里与女人国暗通款曲，以男人国的国家资源作为交换……

尼卡晚年老眼昏花，望着窗外跑过的麋鹿和野马，一时间产生了错觉，哪个是鹿哪个是马呢？鹿很像马，马也像鹿。那天当着众多大臣的面，他将麋鹿认成了野马，这时大部分人附和他的说法，小部分人表达了不同意见。回到自己豪华的帐篷中，他有了想法：错了也附和他的人令他满意，而那些异议的到底还是不安定分子呀。他决定再试一次，这次他是故意有预谋的了。

在巨石阵举行祭天仪式时宣布将几匹精心养护的马带上来，带上来的却是几只麋鹿，众人诧异："这不是鹿吗？"尼卡宣布这是为祭天准备的马。接下来是立场、表态、站队。

心知肚明者纷纷表态：这就是马，纯种的马。本来有部分人保持沉默，在尼卡的要求下必须表达看法。说马者算过了关，说鹿者都被用各种方式处置了。后来，尼卡干这件事上了瘾，一会儿牵出一羊驼，指羊驼为马，一会又牵出一驼鸟，指驼鸟为马。

尼卡越来越荒唐固执多疑残暴，不停杀人，很多忠心他的大臣都几乎被杀了，大臣们个个焦虑不安，生命越来越无法保障。

从他使用“鹿马计”开始，众大臣暗中的抵制也在一同结实地生长。

最令人无法忍受的是，尼卡那天竟然牵了一只肥猪出来，指猪为马。

这样造成的视觉刺激、反差实在太强烈了，达到了人们呕吐发疯及忍耐的极限。鹿和马还有几分相像啊，羊驼、鸵鸟还是瘦瘦的啊，可肥猪哪有一点儿像马啊？一个肥矮，一个高瘦，仿佛专为比对而存在。

为什么啊，为什么一定要这样啊？

不久尼卡死了，有说他是郁郁而终，有说他被大臣伙同医生暗害。

尼卡表面是在驯鹿坡看羊驼吐口水时突然发病而亡，实则死于暗杀。

在尼卡绿时代音乐舞蹈等都被禁绝，而一种综合性艺术——歌舞伎在民间悄然生成。歌舞伎是非法的，但民间对之的喜爱挡也挡不住。歌舞伎开始是细小支流，后来不可抑制地发展起来。它选择了与万物众生相关的“性”作契点。女性角色在男人国由男人扮演。这些女性角色开始都是被批判丑化的，后来就微妙了一些。尼卡对歌舞伎也悄然产生了兴趣，很早就有专为尼卡一个人表演的歌舞伎团体。观看歌舞伎时，尼卡难得放松甚至哭哭笑笑地有些忘情。

歌舞伎原本是女人月经期拜祭月亮跳的舞蹈，后不知从什么途径辗转传入男人国，影响到男人国的桑林之舞和万舞，之后变形为歌舞伎。

歌舞伎在社会上被禁，但尼卡们可以欣赏以“供批判用”。尼卡在绿帐篷中曾招待向男等人观看歌舞伎。向男由此成为歌舞伎票友、业余的歌舞伎演员，扮演其中的女性角色。歌舞伎潮流的不可阻挡引领着历史的某种转变。

男人国无法战胜女人国后，尼卡一方面在国内不断“运动”和宣传，另方面以送土地的方式与女人国达成某种秘密协议和解。尼卡死后，男人国从绿时代转入歌舞伎时代，女人国则进入了玫瑰花时代。

造物纪

第七章 歌舞伎之粉丝

歌舞伎发展中，“粉丝”之群体在逐步增长。男人国从绿时代向歌舞伎时代转变过程中，“粉丝”成为一种重要的促进力量。

“粉丝”源自人们对歌舞伎演员中偶像的追捧，后来由自发的狂热转为有组织有自己规定程序的帮派，成为“粉丝帮”。

作为男人国最早接触到歌舞伎那批人中的一员，向男属资深粉丝。从乌鸦服时代幸存的向男自然而然融入歌舞伎风尚之中。

歌舞伎早期的粉丝都是自发产生的，纯粹而单一；随着歌舞伎演出中对“捧场”的发现，改变了粉丝的本来含义：粉丝是可以组织、制造、操控和收买的。

向男看出了这里面的多方需求及蕴含的巨大商机。他成立了“歌舞伎演出成功保险公司”，向希望达到现场良好演出效果的组织及个人提供服务。

主要内容即“捧场”。一般有个“首席喝彩”，再加上几个附和的。后来逐渐细化，有能一声令下说哭就哭的，有能用狂喜的声调高喊“再来一个”的，还有极具感染力的笑匠。不同的服务标注不同的价格。登台时一位壮年男士给掌声，20元，一个小男孩给掌声15元，演出中的寻常掌声每次10元，演出中的长时间掌声每次15元，持续更长掌声17元，加入“太棒了”“好样的”等喝彩25元，狂热的叫好喝彩50元……还可根据客户的不同需求量身订制服务，价格面议等等。如现场拉条幅，送花，群体共同狂喊高呼，甚至还有制造炒作事件等都有不同的价位。

向男公司里都是些靠当粉丝获取生活费的职业粉丝，根据喊声大小、表演效果定价，从几十元到几百元不等。

向男还将尼卡时代的鼓掌“挖掘”出来，将之明码标价进行出售。

尼卡时代的鼓掌分17个等级。由低到高：鼓掌；活跃，鼓掌；热烈鼓掌；会场活跃，热烈鼓掌；长时间鼓掌；鼓掌，欢呼；热烈鼓掌，欢呼；热烈鼓掌，全体起立，欢呼；热烈鼓掌，全体起立，高呼；长时间鼓掌，欢呼，高呼；热烈鼓掌，欢呼，全体起立，高呼；长时间热烈鼓掌，欢呼，全体起立，热烈高呼；全体与会者在热情洋溢的气氛中起立，长时间欢呼；热烈鼓掌，欢呼，历时数分钟高呼；全体起立，在激动人心的热烈气氛中，热烈欢呼；热烈欢呼，鼓掌，长时间高呼，全体起立，在热情洋溢的团结气氛中持续数分钟地欢呼——欢呼——，欢呼，欢呼——热烈鼓掌和欢呼；在大会大厅里的全体与会者起立，在热情洋溢的气氛中长时间欢呼——欢呼——，热烈地高呼……

在尼卡时代有专门的监控者对每一次鼓掌的细微区别记录在案。对领袖的掌声中稍微露出点懈怠者都会被揪出来处理。如，在尼卡出场时全体起立鼓掌时间过长，有人因体力不支最先放下手臂而被判极刑。

现在这个“绿色”项目很受欢迎，生意兴隆，人们纷纷想体验一下“尼卡式”的待遇。

向男公司的这种“捧场”逐渐变成了整个歌舞伎世界的惯例和传统，而粉丝造假更成了一种常态、时髦、潜规则。

职业粉丝和真正自发的粉丝都被称为“粉丝帮”。自发粉丝中有部分也被称为“脑残粉”；五毛钱哭一下或笑一次的职业粉丝也被称为“水军”。

随着“粉丝帮”的发展，产生了众多派别。

“粉丝帮”各帮派都形成了自己的套话，不学会这个帮派的套话就无法进入这个帮派，如推崇某位歌舞伎演员角色的粉丝必须对这个角色戏路的各种细节如数家珍，对演员演出中的不同环节有相应程序的反应。如果在观看过程中你的套话与路数不同，将被视为异类，轻则被藐视，重则被驱逐甚至殴打。

不久，众“粉丝帮”在各自套话套路的基础上，有了自己的“粉丝手册”“粉丝指南”等。

“粉丝帮”间的“圣战”时有发生。

“粉丝帮”的风起云涌声势浩大成了男人国歌舞伎时代之蔚然大观。

其中较大的“粉丝帮”有：棍子团、投石党、镰刀队、碰瓷党、斧头帮、锤子组、棒子连、剪刀手、大刀团、砍手党、刨根社、飞车党、切糕党……几个最知名的“粉丝帮”帮主分别为：晓伍、晓陆、晓柒、晓捌、晓玖及晓三、晓十三，后来还有晓贰、晓肆等。

向男最早成立了以“粉丝”为职业的公司，却没形成拉帮结伙的“粉丝帮”。在这一步的发展上，向男与“粉丝帮”失之交臂。作为这个行业曾经的领军人物，向男似乎显出某种老旧矜持的成分来。

后来，这些“粉丝帮”纷纷转成大同小异的“粉丝教”。帮主们都自称教主，“粉丝手册”成为教义。

尼卡留下的权力真空被各大势力争夺。男人国基本被各“粉丝帮”瓜分。

本来各股力量很有些势均力敌的架势，也可以说是僵持不下，一时看不出有大的变数。但聪明人晓三出场了。

晓三可是个能人，早有一统江湖的远大志向，只是他的诸多事迹一件比一件毁三观，与众“粉丝帮”帮主结下了太多梁子。凭他个人的声誉怕是难有拓展的空间。他决定找人联合成就大事以破“粉丝帮”之局。

晓三对各帮派帮主进行了详尽的分析调查。晓十三是这里面资格最老的一位，年纪最长，重要的是他曾做过尼卡的一夜情人，尽管尼卡时代已过，也算某种潜在资本。只是这种与尼卡的关联，时而是资本时而是负资本的，不好确定。另外，晓十三确实有点“十三点”，晓三认为他难成大器，虽与自己关系尚可，但与之联合并不是一种最好的选择。

经过全方位评估判断，经过对帮派及头领的多重计量盘算，他认为与晓贰搭手才能实现利益最大化，做晓贰的“老二”是他的最佳选择，此举将一下改变男人国整个江湖。晓三明白自己只能属于“千年老二”那种人，这是他的宿命，但他要把“千年老二”做到极致。

晓贰是斧头帮帮主，口碑还是可以的，也是很有特色的一个人，他的绰号叫“害羞者”。他是一个说起话来憋憋吃吃地脸涨得很红的人。他总是不好意思，总是很害羞，还结巴。不过，在江湖上他有“仗义”的名头，几件“锄奸”之壮举令之其声名响亮。害羞、结巴倒令人有种可以信赖的感觉。

斧头帮的入社仪式颇有些神秘：房间里只点一根蜡烛，小桌子上铺一块黑布，上面放个十字架，一把斧子，一把左轮手枪。社章刻有一骷髅图，一斧子、一炸弹、一毒药。还有的图案是一束棍棒，中间绑着刀锋凸出的斧头。斧头帮成员的标准装扮是黑衫，人手一把斧头，因此斧头帮有时也被称为黑衫帮或黑手社。晓贰帮的综合实力好，且有很大拓展空间；晓贰还是晓三少有的没得罪过的人……凡此种种，晓贰与晓三的匹配度较高。

晓三是“碰瓷党”首领。以种类齐全且不断创新的“碰瓷”而蜚声于江湖。其中一最广为人知的款式：装弱者诱人帮助，一旦有好心人帮忙，这个“瓷”就算“碰”上了，不让你赔个倾家荡产不会罢手。“碰瓷党”的盛行，导致男人国到处出现：有人病了倒了遇到困难了，无人相助的局面。

“碰瓷党”内涵很广博，业务范围无所不包，“拆白党”等仅是其一小分支。总的说来，“碰瓷党”主要以“智”“诈”“琢磨人”为特色。晓三的“诡辩术”很有名，他擅长用煽情的比喻，混乱的逻辑把听者的头脑搞乱，给人洗脑。晓三手段众多，且没有边界，是个可以随时改变游戏规则的能手。晓三认为混社会是个体力活儿，讲究“闪转腾挪”四门功课。

晓贰团队的能打能杀与晓三帮的“软实力”互有所取。

晓三与晓贰联合后，晓三全力辅佐晓贰，两人的势力一下子无可抵挡。晓贰是个说起话来脸涨得很红的人，晓三则是个整日面无血色脸色煞白之人，两人一个红脸一个白脸，相映成趣。

在两人一统江湖过程中，晓伍、晓陆、晓柒、晓十三纷纷以各种方式先后归于其部下，飞车党晓捌、剪刀手晓玖等帮派被彻底铲除。也不是晓捌、晓玖完全没有归顺的可能，但其中某种异质的成分让晓贰晓三们不安。如飞车党总喜欢划各种弧线耍帅，剪刀手时不时搞点莫测的魔术、艺术等，意味着脱轨、未知，这样下去总不是个事儿。

在尼卡绿时代，由于木马的重大影响，泛绿教又名木马教。到了歌舞伎时代，“粉丝教”逐步与木马教合流。晓贰、晓三一统江湖后将之重组为巨大的木马公司。

男人国恢复了国王称谓，晓贰成为男人国国王。与尼卡绿帐篷不同的是建于巨石阵的奢华城堡。

向男在晓贰、晓三处理晓捌晓玖时出了问题。他虽没挂靠任何帮派，但因无形中与晓玖帮派沾上边儿，被一并打倒，定性为“粉红”。向男的财产被全部没收。向男被判刑死缓。

向男后来才知道自己的这次劫难又与李亮有关。不久前，向男“偶遇”李亮的场景至今历历在目。

那是个丝毫没有预兆的下午，仅有微风轻轻点点，向男正走出歌舞伎公司总部大楼，身边跟着两位随从，一切都刚刚好。就在这时，一副穷困潦倒模样的李亮出现了，还瘸着腿。原来，刚刚出狱的李亮，前不久被仇家在狱中打得半死差点送命，现在落了残疾，生活无着、与乞丐无异。

李亮流着泪一口一个“哥”地叫着向男，弄得向男鸡皮疙瘩掉了一地。李亮主要表达了这么几层意思：诚恳道歉，自己恩将仇报，犯了不可饶恕的罪；自己年轻幼稚，在当时那种氛围下身不由己；歌颂向男，赞扬他人格的高大与伟岸；自己已受到惩罚：渲染自己现状的凄惨和走投无路，自己只剩半条命了；希望向男收留自己，给他一糊口的营生……

向男是了解李亮为人的，对他的话语并不抱有多么大的信任，但他也很惊讶于李亮面孔呈现出的那种无比憨厚真诚的质感，这在某种程度上还是打动了自己。实在太可怜了，太掏心掏肺了，太让人不落忍了。还要怎么样呢？又要怎么样呢？而且，向男看出来了，再不回应，李亮会做出下跪、媚眼放电、兰花指翘动等一系列令向男不适与呕吐的事情。尽管向男也算经过大风大浪大生大死、经过相当锤炼之人了，他还是受不了这个，他控制不了自己生理上强烈的呕吐感。于是趁着反胃当口赶紧吩咐手下将之打发了事。

李亮在向男公司谋得一个小生计。李亮对向男千恩万谢的。

向男不知道李亮到底是纯粹来找工作还是特意来卧底的。在晓贰晓三团队整治向男产业过程中，李亮主动收集提供“猛料”。

最终，他又一次出卖向男并给其致命一击。李亮踩着向男邀功果真翻身，一时间又春风得意起来。

晓贰也喜欢养马、鹿等动物，且比之尼卡有了进一步发扬拓展。

晓贰组织人员对鹿马质量、基因、杂交等做了史无前例的探索。

晓三手捧稀世珍宝玉鹿和马鼎，庄严上前，这是他献给国王晓贰的进贡礼。

从晓贰起，男人国修建了大量鹿马博物馆，相关青铜艺术制品数不胜数。

在人们培育的品种中，鹿与马外形越接近的越被视为良品。受到晓贰的喜爱和推崇，得到更多发展，后被推广为男人国国体之根本，还被概括为鹿马哲学，即一切问题都可归到鹿马问题。

鹿马哲学以灵动高深莫测见长，其化形、其重组、其博大精深等均令人叹为观止。这在木马公司得到充分体现。

木马公司集各“粉丝帮”套话之大成，提升形成了自己一个更为成熟的语言样式，其中最有特色的部分是与鹿马相关的模糊言语，这是重点和难点。搞不好就会犯了忌。能灵活恰当地掌握到什么程度，往往直接决定了你在木马公司所能达到的段位。这“鹿”与“马”远不是它字面显示的含义。是与非是，有与无，虚与实等极端之玄妙，凝聚了人类有史以来的最高智慧。这是超高端学科，无数人穷其一生也无法领略它的玄妙。看山是山，看山不是山，山是水，水不是山，鹿是鹿鹿是马，马不是鹿但也可以是鹿，马就是鹿，鹿不是马，马是鹿也是马，马可以是驴，鹿不一定就是羊，鹿为什么不能是马，只许马是鹿吗？马鹿呢？驼鹿呢？木马呢？还有羊驼怎么算？谁是鹿与马的中介，是鹿马还是马鹿，是鹿鹿还是马马……无穷无尽，有关的逻辑学及衍生物达到一个极为深邃的境地。它涉及世上所有学科，包括人种学生物学等。

至此，木马公司形成了周全入里的运作体系，操纵着男人国的各种角落。

晓贰的鹿马节大赦，不少犯人被减刑释放。向男竟然阴差阳错被放了出来。

出了监狱，向男忽有天上一日地上一年的感觉。世界已变得眼花缭乱，仿佛螺旋般快速旋转。木马公司时代到底是“粉丝帮”时代无法比拟的。

丧失了一切资源的向男被迫暂靠捡垃圾维生。

那天，向男正在一垃圾筒内翻拣，将矿泉水瓶等可以卖废品的东西分类放置，突然耳边一炸雷式的声音：执照！向男吓了一跳，以为听错了，扭过头来一看，是个穿着执法衣服的中年黑脸男人。男人气势汹汹地问向男要执照。向男说他没有工作没有公司所以没有执照。男人说你现在在干什么，向男说在捡垃圾。男人说你办执照了吗就捡垃圾，向男不明白捡垃圾也要交税？于是质疑了几句。男人大怒：“你敢跟我顶嘴？信不信我弄死你！”

向男再不识趣也看出来了，这种威胁的确不是一时夸口，是有着充分的实践经验作为底气的，是随时可以真切变为现实的，能够像虫子一样捏死他：喝水死、睡觉死、躲猫猫死……向男不寒而栗。

向男想办法向几个拾荒者借钱办了执照，开始了正正经经合法的捡垃圾生涯。

以向男的素养和智商，捡垃圾很快捡出了门道，成为拾荒者中的优秀工作者。逐渐有了积蓄，他用这些钱开了家歌舞伎用品店，有了一不大不小的门面。

本来以为生活就这样本分安稳地过下去了。但不是的，事情总是出乎意料，向男不得不承认因为入狱他已有些落伍了。

向男摊上的事当然不是他一个人，是众多店铺。“清洁”运动大规模展开：打击假冒伪劣商品，清洁市场环境，不合格的商家要被罚款。向男原本自信满满，因为自捡垃圾交税开始，他的一切都走规范路线。但事情不是这么运作的。“清洁”人员的两件秘密武器令向男欲哭无泪：放大镜、白毛巾。他们用放大镜在向男窗明几净的店铺角落找到一根头发；用白毛巾在桌子腿处试出灰尘的印痕……然后以此为由进行高额罚款。

向男不服，被抓走扣押，意为拿钱放人。但向男没意识到问题的极端严重性，坚持据理力争。结果，店铺被没收，人被刑拘。

卖手纸没有污水排放证明，罚7万；卖牙签没有伐木许可证，罚8万；理发店梳子上有一根发丝，罚9万；小水果摊塑料袋不合格，罚9万；店铺内有一个苍蝇，罚8万；一个烟头，罚7万；地面滑，罚8万；餐馆老板没留下买鱼的发票，罚50万……

这个遍及男人国的“清洁”浪潮战绩辉煌，罚没了巨额款项，无数人被刑拘，更有大批店铺破产关门。一时间，万户萧疏，行人稀少，如同空城。

教训是异常深刻的。被放出来后，向男重新审视自己与外部环境。他觉得自己的确落伍了。这已经不是一个拘泥于“绿”还是“粉红”的时代了。这是个绿黑白灰各道都要打点的时代。当然也要学会木马公司的潜规则和各种套话。

向男决定脱胎换骨，重新调整策略。这回他重点着手与相关人员利益绑定，上好供，各种各样的供。没有利润怎么办？只有制假售假，乃至制毒售毒了。只要打点好就没人管你，就会一路绿灯。否则诚实经营也是找死，倾家荡产是分分钟的事。向男认为，重要的是疏通关系，这里面有二个层级：通过关系暗箱操作获得某种优先、垄断，以此轻易获取高额利润；在经营过程中交好“保护费”，免去诸多麻烦。前一个层级较难达到，这种机会不是说有就有的。后一个容易些，只要努力相对可以实现。

至此，向男总算活明白了，他做了各种生意，主要以假为主，但顺风顺水的，财富剧增。

在商海中打拼，向男一刻也没停歇，时刻注意维护发展各种关系，整日的迎来送往，没完没了的饭局，见识了各色人等。

印象最深的是几位“哥”：“细节哥”“焦虑哥”“演讲哥”等。

令向男自叹弗如的是细节哥。细节哥以处事“周全”著称，是饭局文化的领军人物。

细节哥不仅擅长组织各种饭局，更善于运用不同饭局达到不同目的。细节哥对饭局划分得很细：饭局的种类，饭局的目的、意义，饭局的起承转合，饭局人物的角色定位……饭局的每个环节都被他精准设计编码：如何做局，如何入局，如何解局，如何请人，如何巧舌如簧，如何掌控气氛，如何看人下菜碟，如何敬酒喝酒……

细节哥不断修炼“宴道”“酒道”，留下“饭局如战场，宴请无小事”“吃饭事小，出局事大”等至理名言，终成饭局文化一代宗师。

细节哥对成功学的研究极为精深，他认为“细节决定成败”，他的著名攻略：与上司同行时要格外注意细节，不能走到上司前半步，也不能后于其一步，必须精准，尤其在鞠躬时余光要看准上司，高低尺度格外注意。与上司一起撒尿时要注意：1.不要站在上司前头；2.掏出来的不要太多，别让上司觉得你的比他的大，使上司心里不舒服；3.尿得不能太快太远太高太猛，别让上司觉得他的肾不如你的肾强壮；4.上司尿完了，你也打住，没尿完也得憋着，别让上司觉得他的膀胱不如你的膀胱容量大；5.尿得方向要跟上司绝对保持一致，以此显示你很“绿”；6.上司抖三下，你就抖四下，让上司觉得他的工作效率比你高；7.上司掖起来了，你也赶紧收家伙，马上给上司让路，让上司觉得自己很有权威。

“焦虑哥”也不是个简单人物，他之出位和前瞻性非常人可比。

焦虑哥总是担心世界发生不测，他的所有生活都在为防范灾难发生而准备。他依次学习骑马、游泳等逃生技能。最重要的，他在家中囤积了很多粮食，以应对万一发生的食物短缺。他还自己打了水井，防备灾难中无水可饮之状况。他不仅挖有菜窖、粮窖，还挖了地道，以备逃跑用。也不知他能跑到何处。

他有着强烈的不安全感且极度敏感，曾因“细节哥”

饭局上某人的一个眼神，令他久久不能释怀，甚至要躲到家里的地道中，抑制想要逃跑的冲动。他如一惊弓之鸟，他总是未雨绸缪，他的面孔、身心写满了焦灼担忧。

后来“焦虑哥”放弃了积粮食。因为人们在知道他囤积粮食防灾的事情后纷纷表示，一旦有灾难发生就去把“焦虑哥”的粮食、水等抢了，去占领“焦虑哥”的家。这给焦虑哥很大的打击。很多时候构成威胁的不是天灾是人祸。于是，“焦虑哥”不仅焦虑而且抑郁了。

但“焦虑哥”最后的事情还是与“演讲哥”直接相关。

“演讲哥”名噪一时。他喜欢到处给人演讲。他胜在公然，胜在理直气壮，胜在对角色充满激情的无限投入感。他对木马公司的套话一知半解，但他胜在勇敢，敢抡家伙，什么都敢往上招呼；他逻辑混乱、空洞无物，却能一往无前地脑残；他擅长抒情，叙事宏大，套话迭出，虽然不知道他在说什么。“今天阳光灿烂，今夜无人入睡，今天我们这些伟大的绿男们勇敢前进吧！春风吹遍了大地，裹小脚的男人，我们是绿的，我们不是……是水货。”偶尔也会冒出蛮有逻辑的话来：“大家知道，我们这个社会是性交出来的，性交是最基本的生产活动，是我们整个社会生存发展最基本的支点，如果这个支点出问题，那么我们这个社会将不再，男人国将不在……”

“演讲哥”的魅力在于煞有介事，他之摆谱夸张朴拙、艳俗华丽，具有无可置疑的风尚性。

“演讲哥”也有走麦城的时候，有一次拍马屁拍到了马蹄子上，不小心说错话，被抓了起来。这下子，与“演讲哥”住邻居的“焦虑哥”愈加忧虑了。

有一位“传谣哥”幸灾乐祸疯狂传谣。“传谣哥”与“焦虑哥“同为“细节哥”饭局上有名号的人物，“传谣哥”长着一张随时八卦的脸，他有着添油加醋、捕风捉影、无中生有等绝世功夫，他的这种瘾深入骨髓、融于血液，他以此为生以此为乐以此而活。不久“传谣哥”也被抓了起来。

这时“焦虑哥”紧张得快崩溃了。终于有一日顶不住思想压力，怀着对未来的焦虑和恐惧，“焦虑哥”在“演讲哥”被放出来前一天自杀了。

在饭局上，向男知道了不少小道信息，了解到很多人与女人国的暗地交易如火如荼。赚钱为什么不干？向男认为自己的生意可以进一步拓展。向男发现了与女人国“里通外国”这门大生意。不少人是借此发财的。向男学会与女人国交易并尝到了甜头，也就一发不可收拾下去了。

男人国这时私下与女人国的交易已是“公开的秘密”，如，影响最大的男人国巨石阵的木马就是被男人国相关人员私下交易给女人国的。表面上是被女人国偷走抢走，实际上是相关人员在男人国内部出卖接应换取利益的结果。男人国表面有时还拿“粉红”说事儿，“粉”“绿”下面的是利益。口头说的是“绿”，做的却是与“粉红”勾结之事。说你“粉”你就“粉”不“粉”也“粉”，让你“绿”你就“绿”，绿不绿都绿。

模糊性成为一个重要特色。在这点上，男人们继承了祖先有熊氏的悠久传统，并将之发扬光大，主打“翻手为云覆手为雨”“空手套白狼”。只有先弄得很模糊，才好随意裁量、寻租、勾兑、剥夺、占有。没有一定之规，事事可大可小；大可惊天，死无葬身之地，小则完全可忽略不计。向男就充分领略了此冰火两重天。

各色条规都是模糊弹性随意解释强词夺理逻辑混乱的，一切为收钱。气候资源等也属木马公司所有，继呼吸税之后，放屁税提上了日程。

这些让女人国有机可趁……

在男人国离不开等级。这主要有几个意思：对资源利益的垄断，等级人脉意味着你的排位，是否有机会分蛋糕、一杯羹、残渣剩饭甚或被剥削、打压；对等级感的强调，制造等级感是很多男人的人生意义、目的和寄托。如果没有等级，就不能高人一等了，活着有何乐趣，权力又有什么意义？心理的满足感、幸福感从何而来？

男人国的等级控制模式主要是依据晓贰执政后“绿”的程度来划分，是以晓贰、晓三等为中心的，本质上还是几个“粉丝帮”的势力范围。

男人国全方位细致的等级划分，戴绿字、绿星、绿领巾的制度，也被称为种姓等级制度。当然这个“绿”的程度有时可用金钱来购买。由于格局已定，后加入者机会有限，阶层日趋板结，向男就是在一点上领悟慢了，潜规则和游戏规则已变，没踩到点上，虽使出浑身解数，还是事倍功半。

男人国在歌舞伎时代取消裹小脚，但改成洗脚。

由国王晓贰的军师晓三发起的下跪洗脚运动轰轰烈烈展开。男人国每个人按绿色等级的高低排列，低的给高的下跪洗脚。这是一个无比浩大之场面。男人国自野合节取消后还没有代替它的，现在终于有了“洗脚节”代替野合节。洗脚是多么具有性意味的一种行为，却于大庭广众之下公然进行，不仅洗脚还要下跪呢。“洗脚节”对野合节的替换收到了很好的效果，那就是秩序。

更多的场面是组织年轻人面对老年人、面对上司下跪并为之洗脚，表达了年轻人要对长辈对上司感恩的运动内涵。偶尔还可见洗脚现场，双方感动得哭成一片之浩大景象。

木马公司时代，男人都化很重的妆，尤其在见长辈长官时，这是表示尊重的礼仪。

年轻人都只能依附年长者，无论他们多有才华多么美丽都没用，他们必须向权力和资本低头，要卖身投靠才能获得像样的生活，才有一席之地。男人们仿佛没有青春期就进入了更年期，好像从没年轻过。青年人迅速进化得圆熟老辣。

“变脸哥”是其中的突出代表。“变脸哥”的变脸技术令人叹为观止，几秒之内呈现不同面孔，每张面孔都是截然不同之人。向男早已领教过李亮的快速变脸，但也是一定时间内两三副面孔间转换，现在“变脸哥”青出于蓝而胜于蓝，完全打破了李亮的记录，其转换之自由之圆润之不露痕迹，其技巧之高超着实攀上了新的台阶。“变脸哥”是位在校大学生，是某高校的学生会主席，竟能将李亮坑得鼻青脸肿，李亮曾如鱼得水的那套不管用了，“变脸哥”比李亮有过之无不及，其手段做派之无底线，其厚黑和谎言，其流氓与暴力手段的全面和娴熟，其告密整人之冠冕堂皇……已进化到另一层级。向男与“变脸哥”有过一面之缘，印象中的他，颇有些阳光纯朴的模样，却万没想到他的“道行”那么深。

“变脸哥”仅是位20来岁的在校大学生，但成了李亮终结者。李亮死于狱中。

在男人国，随“变脸”相生的是白眼文化的盛行。出得门来，往往看到四处白眼纷飞。人人都在努力找机会向别人翻白眼。当然这也是个技术活，要准确地把白眼翻得如卫生球般又白又大，翻得彻底而痛快；还要注意收势，如果弄错了对象则必须及时转向青眼，让一切不留痕，转换得圆润可亲令人信服。当然，如果情境适宜，可随时准备多个白眼频频发射，要努力寻找各种细小的时机将白眼及时发射出去。

白眼到青眼的转换、青眼顺畅至白眼……这些都需要对白眼的掌控细致微妙，精准地把握好分寸，否则弄错对象就不好收拾了。

白眼文化盛行，到处是等级强迫症患者，时时刻刻于细微处划分等级。

为显示自己等级及充分释放自己的白眼，每个简单的小事都会人为复杂化，绕来绕去，一点小事被拖得要死。谁守规则谁就被当冤大头狠狠踏上一脚。人人受羞辱，每个人都气不顺，时时刻刻算计，找机会恶待别人。

例如，需要我给个手续了，那我得显示我的等级高于你。若你没有态度谦卑、低声下气，没有给我好处，那么我会让你没完没了地跑来跑去，就是办不下来。

例如，我是个小餐厅甚或打扫厕所的服务员，我也可以找机会显示自己等级高，尤其在面对和善的客人时，就可以趁客人不备，夹枪带棒趾高气扬几下子。当然，面对上来就呵斥、很厉害、惹不起模样的客人，一定要毕恭毕敬小心翼翼服侍好。谁知道这是何方神圣呢，总之是不好欺负的人。也怪，面对这样的人，心底也没气了，浑身上下，从心里到外面都是乖乖的。

在男人国，谁对人和善，人家就会觉得他是有求于人或等级比人低，就会有一种不适感，一种不可遏制地想要欺负他向他翻白眼的冲动。

这时歌舞伎的发展已非同一般了。美少年歌舞伎在卖弄色相的过程中，前发直立，以其妖美之气，成为男人国有钱人的包养对象。

男人国迷信现象很多，如果有人走路不小心碰到了一个小脚男人，有人就会说你是故意的，或认定你碰他是给他念了什么邪咒。

对羊驼的研究进入哲学化思考：羊驼会坠入爱河吗？

男人国人们之间说话是说不清楚的，逻辑不通、粗粝芜杂，一切以白眼、青眼之等级定夺。人与人见面往往一句句盘问得说不下去。

“我看那马鹿得很”“绿帽子全然西红柿”“他们相当绿”……都是上气不接下气东一榔头西一棒子的“新人类语言”。

每一点微不足道的小事都会被搅浑水，会被“变脸”“白眼”们自动搅得乱七八糟不成样子。口是心非、说谎表演……骗别人也骗了自己。连一些常识性问题都显得真假难辨、无法确认和解决了。如，吃饭好还是吃屎好？这很难说。吃饭比吃屎好？那不一定；吃屎比吃饭好？很有可能；你吃饭还是吃屎？这是隐私；你吃屎给我看看？这是两个领域两个范畴的事情；吃屎是高大上是境界是哲学，吃饭是形而下是庸常是世俗；宏观与微观不能混为一谈……

骗子和傻子盛行，且在不断低龄化、日常生活化。底线全面沦陷，社会成了骗子的天堂、流氓的乐园。以葵花宝典文化为底色的男人国成了个“便秘社会”、“笨蛋社会”，细枝末节上互相算计，整体上全盘皆输。这被女人国充分利用。

向男有时静下心来想想，现在自己也可称得上是地道的骗子了，当然很多时候也是当仁不让的傻子。那么自己算不算流氓呢？这得看按什么标准了，按一般标准，应算个正宗流氓，但就目前社会来看也许算入门级的吧。

向男的生意蒸蒸日上之际，有人看中了他的这块利益。设一环环相扣的陷阱不由分说将向男抓了起来，将高额利润的公司夺走。向男拿出对方“粉红”之证据作为重磅炸弹给予反击，却丝毫不起作用。向男被定为精神病关入精神病院。

这次进精神病院，对向男的打击是致命的，他开始彻底怀疑人生。

这是个流氓横行、无处不流氓的社会，只有流氓才混得风生水起。或者只有流氓才能生存，才有立足之地。这关乎生存的厮杀一刻没有停歇，也无法停歇。

向男觉得很冤，自己不是没耍流氓，自己想方设法耍了流氓，怎么还是落得如此下场。向男时而认为是自己流氓的段位不够才遭此运，时而又明白即便达到最高级别的流氓还是没办法，因为对手背后有人，向男背后没人，这决定了向男再怎么样都是没用的。向男唯一不该做的也许就是挣扎，越挣扎沉得越快。财富是化为乌有了，不进精神病院也是好的，难道不是吗？

无耻之徒遍天下，不断有毁三观的事件刷新。人活着需要勇气，没人能够幸免。

向男在精神病院中痛苦思索辗转。

男人们内斗很凶猛，在歌舞伎时代后期，木马公司运作愈加不利，各部族间斗争激烈，各自为了局部的自身利益，不择一切手段，如，与女人国勾兑，私下交易，出卖情报给女人国等。男人国各部族旗帜多样：以红玉米为图腾，以驯鹿为图腾，以龟为图腾，以屎壳郎为图腾，以河蟹为图腾，以斑马为图腾，以鸡为图腾，以鹰为图腾，以羊驼为图腾，以郁金香为图腾等等。这些部族性格各异：有的婉转莫测，有的井井有条，有的容易激动，有的暴躁好辩，有的张扬外向，有的含蓄刻板，有的趾高气扬，有的平和圆通……有的显“原始”，有的颇“世故”，有的“拖沓”，有的“理性”，有的“奢靡”，有的“农耕”，有的“海洋”，有的“岛屿”，有的“茶道”，有的“禅宗”……

女人国针对他们的不同特点加以利益基础上的离

间利用，下一盘符合女人整体利益的大旗，而男人国则为本部族局部小利益各自为战。

勾兑的含义，勾兑是怎样进行的，如何勾，再兑，每一步，每一个符码的尺度与节奏。男人国一些部族与女人国非法勾兑的情况愈加严重，为自己部族出卖其它部族的情况非常普遍。

男人国与女人国的交易包括在女人国帮助下打击对手，女人国则针对男人国内部自残现象，利用男人打男人。

女人国还扶植海盗，出钱雇佣男人打男人，进入雇佣军与海盗时代。

在这个时代人们常会友好地问："你是海盗吗？""你是土匪吗？"这都是正当职业，是受人尊重的职业，是获取自己所需物品的方法之一。

逐渐地，男人国中最小的孩子已长大，全国几乎很少见到婴儿了，社会中普遍弥漫着消极绝望的情绪。

野狼歌舞伎正充分发展。扮演"旦角"的男演员叫"女形"，脸上要饰以很重的彩妆，且有假发戏服。

人群中的疑惑逐渐生长：为什么要扮成女人的样子，女人不是本来存在的吗？

有此想法流露者如被发现被告密，会被秘密警察逮捕。

越来越多的怪异现象出现了。天越来越不阴不晴了。

河上死猪、死鸡、死马、死牛、死鹿大片大片莫名出现。禽流感、疯牛病、口蹄疫等爆发。

抢盐风潮、抢米风潮此起彼伏地爆发。如同感觉到了什么，末年了。全体男人焦虑时刻到来了。

瞬间空城。有时不知听到什么小道消息，超市都关门了。白色恐怖，以为要战争了呢。

据说2012年12月21日冬至，是世界毁灭的日子。

男人们末日心态严重：后面……后面还会有人类吗？

男人心理上的崩溃是一点点蚁溃一样悄无声息的，又是不可阻挡之猛然崩塌。无法自圆其说，陷入精神上的混乱期。

男人国前身是绿党，是个地道的环保组织。环保一直是男人国的灵魂与宗旨。环保：保护地球环境及生物多样性。一个明显的悖论是，为什么要灭亡女人？女人难道不是生物多样性中很重要的一部分吗？野生动物尚且要保护，作为人类中的女性为何要被灭绝，合理性在哪里？合法性在哪里？又有何意义？男人与其在歌舞伎中扮演女人，为何不由女人演女人？

许多男人心里悄然生长着不满困惑，年老者忽然想起自己恍如前世的老婆女儿来。怎么突然恍惚了？这一切是值得的吗？是对的吗？

那无法回头的惨烈，那不敢触碰的隐痛。这是神经质般无法触动的禁区，提到某个相关的字都会牵引起一阵错乱般的冲突或重大的社会事件。

这无法面对的根源和创伤，以男人们无法想象的方式作用着，发酵着，出其不意地混乱着、莫测着。

以前男人们为什么没这么想？是被女人国的强大武力打醒了？这是男人们唯一能听懂的语言？女人之越战越勇，女人国对男人国蚕食得愈加严重。男人国已无力抵挡，失败是男人们心知肚明的事情，悲观绝望迷茫的气氛在男人中蔓延，活一天是一天吧。

男人国的创立者已过世的棉纱被翻了出来，歌舞伎中有以各种方式讽刺棉纱的剧目。讽刺他的整形他的胡子，他领导了男人屠杀女人的运动，为什么，就因为他痛恨女人吗？因为他自己有生理缺陷吗？因为他个人喜好就使男人们卷入如此境地吗？开始这仅是一股潜流但不久就翻滚起来掏空了男人国人们的心。怀疑人生的意义，怀疑杀死女人的意义，怀疑国家的意义。当然最迫切的还是男人面对强大女人国如何生存的问题。而让男人们感到绝望的是，男人国整个社会齿轮全部无法自控地逆向运转，仿佛只为自残而设。自残，上了发条般无法自控的带着强大惯性的自残。谁妨碍它自残谁就会被毫不犹豫地灭掉，谁都无能为力，谁也没有办法。男人国早已自己打败了自己。

向男走出精神病院时，看见绿色勾万旗迎风飘扬。

男人国终于“亮剑”，打出了惹人争议的绿色勾万旗。也是没法子，不打这个旗又怎么办呢，剩下的事没人能控制的了，谁也没办法。

向男感觉有些恍惚，满大街精神病人，他想：到底我是精神病，还是他们都成了精神病？

男人国已变成一个精神病大国。精神病院不够用，精神病患者随处可见，人人都是“精神病”，几乎大多数人都有过在精神病院的治疗经历。而且那些没进精神病院的更像精神病人。人们见面的问候语：“今天精神病好点儿吧？”回答：“症状轻了些。你怎么样，也好点儿了吧。”有明星代言的广告语：自从得了精神病，感觉精神好多了。

男人国法律规定的“精神病筛查”，下达了众多“精神病”指标，进行了大规模的“精神病筛查”工作。将无故不上学、不上班，不出家门、不和任何人接触等人作为精神病筛查对象。而表现为：对人过分冷淡、寡言少语、动作慢、什么事都不做、甚至整天躺在床上，过分话多、说个不停、活动多、到处乱跑等症状的均被列为目标人群。广大宅男被疑为精神病，纷纷表示躺着也中枪。

认定疑似精神病的运作流程：首先群众举报，而后某机构上门，再后喂药打针，最终，关押。

如何杜绝“被精神病”？答：不能。

如何申辩表明自己不是“精神病”？答：没办法。

有没有可以救济的管道？答：无。

唯一可以应对的方式：享受这一切。该打针打针，该吃药吃药，承认并相信自己是精神病，直到被放出来为止。况且，人人都是精神病了，你非说你不是，你不是显得太另类太特别了。

说来也怪，那些真正的精神病患者越来越多，经常有些疯疯癫癫的人挥着大刀片子乱砍，却已经没地方关他们了。真真假假的精神病患者越来越难以分辨，甚至自己也不知道自己是真是假了。

这是个精神病泛滥的时代，很多年轻的孩子精神都有问题。

重度精神病患者越来越多，其语言特点：跟音。说话没有重点、观点，蹦出的是一个个没有关联的概念，用杂乱无章的神经把它们串起来，原本想说A的，因为牵涉到了B就开始扯B，如此跟音不断，最后不晓得自己在说什么。

男人们正在失却说话的能力。

“我们每天说的是人话吗？这是人话吗？大家还会说人话吗？”向男连续几天都强迫症似地浮现出这样的念头。作为一个资深骗子、流氓、傻子，他还是无法认为是人话。向男觉得自己也忘了人话是什么，每天不知自己在说些什么，时而低沉时而亢奋，时而耸人听闻时而鹦鹉学舌，时而大言不惭时而揣着明白装糊涂……诸种装傻与真傻混在一起，全乱了套了，自己都不知道自己是真傻还是装傻了。

眼睁睁地，男人们面部表情整体呈痴呆化倾向。

向男觉得自己一向属于快步紧跟时代的人，是很会跟风很愿意跟风也很善于跟风的人，但现在发现他再也跟不上了，也许是老了，也许是再也无法说服自己了。他知道自己病了，病得很重，不仅是强迫症，也是抑郁症了。

清晨阳光普照，向男走出房门，看见一只鸵鸟在大步流星地奔跑。这是向男人生中第一次在动物园以外的地方看见鸵鸟，鸵鸟好大呀，鸵鸟跑起来好快呀，鸵鸟看起来好美……向男不自觉地跟着鸵鸟而行，但几步就被鸵鸟甩开了，向男只能望着驼鸟远远的很快消失的背影发呆。这时，不可思议的事情出现了。猪、鸡、狗、马、驴、骡子、鹿、羊驼、龟、兔子、河蟹、羊等动物纷纷上街散步，顶多是棕熊，却不见一人。

一类似牛的动物很通人性、圆滑的样子，他有时会突然按人的等级弯腿行屈膝礼；那只类鹳鸟式的大鸟，确实有着瘦者的属性，他多疑，很多食物不吃，他怕有毒……

一种古怪的氛围在弥漫，一种说不出来的东西，不知什么地方很不对劲的感觉，动物们从向男面前走过时的眼神似曾相识。

终于，一头骡子在他跟前停了下来，而且开口了：

向男？你还好吧！

向男在震惊的同时，瞬间认出这是他的老友，紧接着，他领悟到，这满大街的动物都是人变的。他从各动物神情中辨出了熟人、陌生人、路人……邻居、病友、哥们、下属、收费的、卖货的、扫垃圾的、收废品的等等，有的是鸡有的是羊……向男将之一个个认了出来。

为什么会这样？到底发生了什么？

还未来得及向男细想，一些植物、矿物也说话了，原来它们也是人变的，某熟人变成了一棵草，再仔细看，有些人变成了各种物体。

再接着，更不是向男能接受的了。一些怪物出现了，各种嫁接的、转基因的，各种奇形怪状的东西移动过来……莫非这成了一个转基因生物出没的时代？

向男突然意识到自己也正是这样一个怪物，是几个物种窜种衔接起来的怪物；当他在河边照到自己的影像时，惊恐得大叫起来……

向男从床上蹦到地下，大声喘息，大汗淋漓，拉开灯发现这是一个梦；他照照镜中的自己，还是人形……

男人国处于“精神紊乱期”和更年期，且近期看不出好转的迹象。

男人国精神上的疑难杂症比更年期症状更难解。

男人国的肿物和病毒不断变异升级，成了转基因怪物组合，杂种的转了基因的：白道、黑道、红道、粉道、黄道、绿道、蓝道、紫道、灰道统统混杂在一起，而且不断升级。耗尽了男人国最后一点生机。

男人已没有力量正常做任何一件事，任何事都会被扭曲、被污染,无力纠正，无力自救，无法自拔。

一切是彻底的虚无，又是止不住溃败的惯性。整个人生显得没有意义，耗心耗力毫无意义。男人们知道，就男人现状而言，根本没有能力、心力与女人进行任何对抗。

对男人们最致命的还有，男人国圣地巨石阵考古的最终揭秘：巨石阵整个形状是女性生殖器，象征人类对自然、生命的至高敬畏和崇拜；巨石阵是女娲庙遗迹，是对女性生殖力量的崇拜，是对女性的崇拜；远古的石头崇拜是母性崇拜、女性崇拜，而不是阴茎崇拜。

这种未敢公开的考古成果，以小道消息方式，愈加迅猛地响满了男人国的各个角落，如蚁噬一样暗暗掏空了男人国的内在支撑。这种打击无比巨大，根基垮塌了，越来越无法自圆其说，无法说服自己。这癌细胞一样的肿瘤从最深处最根底吞噬着男人的一切。表面的华丽是强弩之末，如被蚂蚁蛀空的大厦，一点小小的力量就会塌掉并碎为齑粉。虽然很多事情男人们早就心知肚明，虽然口是心非已成常态，但当真相彻底呈现还是无法接受。

一批批驯鹿从巨石阵穿过。那长着角作为鹿群核心、刺目地走在队伍前面的雌驯鹿不断瓦解着男人脆弱的内心。后来这件事成了一种避讳：一到迁徙季节，这些地方就成为禁忌，且用别的方式吸引国民的注意，以免引起男人们的情绪波动，以免男人们的内心溃不成军，以免男人们的眼泪太多泛滥成灾。有一年因为未加控制，男人的眼泪将男人国淹了几天几夜。

不知为什么，男人国连其源头绿党的环保宗旨也完全丢弃了，为了一点眼前利益，众多古迹、原始森林等被炸掉，海里捕不到鱼了，食物、水、空气都有毒了。疯狂践踏环境，如同末日疯狂的精神病迹象。

桥梁、房屋一座座地莫名倒塌。

连接不断的雾霾天气，毒气一样充斥了整个世界，这人类自己制造的毒气几乎挡住了所有人的视线。

一下雨城市就变成了海洋，即便小雨也危机四伏，有人被淹死在马路上，淹死在宽敞的大街上。小雨不再是情调的象征而是暗藏杀机的表现。这之后下雨成了一种条件反射，引起惶恐和抗灾准备。男人们形成了一个习惯，只要听说有雨就随身携带游泳圈。

巨大的尘暴，历史的变数。

绿色勾万旗时代的酷烈是出乎想象的，极度神经质与敏感。有时，连眼神不对都会开枪，往往一个微不足道的理由就枪杀一个男人。

男人们最大的幸福：秘密警察半夜敲门时找错

了人。

人们是恐惧着的，但后来人们对暴力已麻木了，暴力完全震慑不了人们的怒火，于是一切都无法控制了。

下了场雨，先是有人在大街上游泳，后有人在大街上淹死，警察及消防人员推脱见死不救，街上的人越来越多，有很多警力出现，接着一片混乱打作一团，分不清敌友，不能控制地打，像麻团一样解不开；军队来了，军队里的人也互相打起来，怎么也解不开了。眼睁睁地，女人队伍出现了，男人们视而不见，他们只是互相打着，什么也无法阻挡，打得不亦乐乎。

女人早就兵临城下。男人们的自相残杀一直没有停止过；男人国只剩下残喘、自我崩溃；他们甚至无意识地制造放任了这一结果，仿佛他们放弃了自己，在等待女人拯救。

男人国都城巨石阵被女人占领，世界的各个角落都被女人掌控。顽抗的男人被女人灭了；剩下的男人都被女人收编，成了女人的俘虏。

晓贰逃亡路上遇见民众，被骂拒收留，晓贰受不住打击便哭了起来。

后来，在鹿马岭，晓贰被抢夺食物的乞丐以群殴的方式意外打死。

乞丐们根本不知道他们打死的是男人国国王。

晓三的豪车被砸烧，财物被抢，人车同亡。晓三是聪明一世糊涂一时，这个时候怎么还敢公然乘豪车呢，这不是自寻死路的白痴弱智行径吗；也许在他看来那根本就不算多么好的车吧。

晓肆最怕晓三，在最后一刻还怕呢，晓肆准备投女人国又怕晓三报复，慌乱中出了车祸而死。

晓陆、晓伍、晓柒主动投降女人做了女人的内应。晓十三病死。

怎么办呢，还回得去吗？还能复原吗？能当成一场梦吗？还会一次次重复吗？还要一次次删除记忆吗？能重做系统吗？能格式化吗？

比如，男人女人重新开始，错过某几个点，不要屠戮，不要克隆，不要核武器，不要转基因，不要生物战争，不要贪欲……

还能回得去吗？空气新朗，草地青绿，花香鸟语……男女老幼，悠然安适……

还回得去吗？听风听雨，聆听自然万物的声息……

男女之战争就拗成这个造型、这副模样：女人对男人压倒性胜出了。这种姿势之后将会怎样？男人是否有一线生机，一线物种延续下去的机会？

造物纪

第八章　世界之脐

世界的关键是母腹，母腹的关键是肚脐；世界之脐就是世界关键之关键，是世界之轴，世界的肚脐。

世界大道是女人。这是一个文明新纪元：女人世纪取代男权社会。

“他时代”正走向“她世纪”。

如果女人像男人屠杀女人般行事，则灭绝男人这个物种是分分钟的事情。但女人停下来了。女人的格局没像男人一样狭小。女人相信自己的使命不是屠戮和奴役，女人是造物拯救人类的使者。正如《推背图》中所预言，这是“新女娲时代的来临”。

女人国对“娲”字的象形释义：女人，立于天地之间的人。

人类社会的真相：女性文明是神性文明，关乎灵魂与精神；男权文明是物欲文明，以暴力、异化为底色。女性是人类进化为人的主导；人类进步是由女性带领的；原始宗教等由女性领导；女性是社会秩序的缔造者。

母系社会，如炎帝等女性首领时代，是天然自由平等民主的社会；父权社会，从有熊氏开始的男权时代，则是专制、等级、功利，偏离生命本质和造物之道的社会。男权文明并没有使人类进步，而是将人类社会带入毁灭的边缘：被糟蹋污染的地球，能将地球毁灭无数次的核武，化学、转基因生物战争，试图对女人的灭绝，日益空虚的心灵，严重的精神危机……

男权社会是变态的，用集权等级禁锢等手段建立，是人类不自然的阶段，是人类文明的大倒退。人类为何迄今为止生活得如此辛苦、气喘吁吁，正是不合天道的男权文明笼罩世界的结果。

极权社会就是极端男权社会。

女性文明直接承源宇宙自然天道，天人合一，充满了自由奔放、自在逍遥，是多元、开放的，整体、全息的文明；男权文明是封闭、一元的，局部、片面的文明。母系社会的爱是广泛博大的，父系社会的爱是独占自私的。女人的生活方式比男人更有创意。只有男人的世界是杀戮场，女人的到来才让一切有了昂扬的绿意。远古的母系社会男女有一种平等合作的伙伴关系，每个人能得到公平的对待。女人秩序下的社会是美的，自由、和平的，充满了宽容与爱……

回归女性文明时代是大势所趋，是人类社会的终极追求。

俗话说："天堂是女性的"。正如《推背图》所言：历史证明，母系社会是美丽天堂。

以女性为中心组构的社会才不会偏离造物之道。

以女性为主体就是以人的生命本身为主体。合女人之道即是合生命之道，合自然之道，合造物之道。

从生物学角度上说，男人才是"肋骨"。

胚胎分化的过程，是先形成女性，再形成男性。女性的产生是股坚定的、必然的、强大的力量。男性则是某种胚胎的变异，是意外、偶然。女人有着一种作为人类的安全感，男人却显得隔了一层，体现出某种脱离自然轨迹之特质。

世界大道是女人。女人是根本是原初是主体，男人是"肋骨"是旁枝，是不稳定没有归宿的存在。阴茎，呈显着男人身体的无意识动机：慌张、争斗与自残之倾向，阉割的恐惧导致的歇斯底里；不从容不淡定，自卑与自大交织，生命与毁灭的矛盾。

人类社会至今的灾难是男人过度折腾的结果，是虚张声势的蹦跳、肤浅的叫嚣，如阴茎般匆忙焦虑贪婪，强烈的不自信不安全感，缺少阴道般对自然的尊重和子宫般于万物中的安宁自省。阴茎的本质是自私占有，子宫的本质是容纳孕育爱与无私。

科学研究表明：男性染色体固有的脆弱性——Y染色体，将导致男性灭绝。

未来500万年男性将灭绝，人类将只剩下女人。

男性正走向灭绝，现已进入倒计时。

男性比女性脆弱，这在他们出生前就决定了。

男性是种脆弱的生物。在他们张牙舞爪的背后是不堪一击的脆弱，在其不知天高地厚的自负下面掩盖的是极度缺乏安全感的自卑、多疑与自我毁灭般的狂躁；其庸俗功利自私体现着阴茎般的局限狭小。

对女性深深的恐惧感深藏在男人潜意识里。很多男人惧怕女人，大男子主义是男性对女性的一种防御。男人潜意识中一直存在着对女人的那份原始恐惧。女性是通神的，女性力量与他们如此不同，女人总让他们感到不够自信、令他们害怕。

对“女巫”迫害的历史，本质上是男人对女人力量的嫉妒和恐惧，是自有熊氏以降，男权社会对女性的持续迫害。“女巫”一词本意为“有智慧的女性”，后被男人污名为“魔女”“妖妇”等。“女巫”曾是医疗、药物、化妆品、算命等的重要来源，有着不错的社会地位和经济利益。对制药、行医、会读写的女人的迫害，是男人对“有智慧的女人”“能独立生活的女人”、女性知识分子的打压；是对社会自由的打压、对男权专制秩序的维护。

不合大道的男权社会何其脆弱？男人用几千年时间费尽心思地建造，又用同样时间拼命维护，结果之后不多久，便成了如今这个乱世景象。男人不仅使自身陷入危机之中，更将整个人类卷入灭亡的边缘。男人这种动物喜好的就是破坏，所有战争都是由男人发动并进行的。血的教训和无数事实证明，男人秩序只能导致人类的又一次毁灭。这也许正是造物主欲言又止要告诉人类的真相。

男权之阴茎式社会仅停留在原始粗糙之阶段，女人秩序社会才是充满灵性的人类社会的高级阶段。

从生物学、社会学、人类学、未来学等角度看，女人都胜男人一筹。

女人必须接管男人，接管这个世界。

男人不仅强迫症一样没完没了糟蹋这个世界，还糟蹋他们自己，糟蹋整个人类。单靠他们自己已经停不下来了。他们仿佛要陀螺般旋转自残直到灭亡。女人过去的问题是过于纵容男人，纵容他们不知天高地厚幼稚愚蠢地蹦跶，信任他们打着各种驴唇不对马嘴的名目、挂羊头卖狗肉的屠杀。现在女人不得不接管这些被惯坏的雄性物种。男权文化将人类糟蹋得不成样子，并一次次强迫症似地执着地走向毁灭之途。男人的“发展”是一种歇斯底里自残式的，将人的生存完全异化、简化成终生为某种印刷品——金钱而奋斗，是一种金钱权力拜物教，女人国将之归为阴茎教之列。

事实证明，雄性已步入进化之瓶颈，男性走到了人类的十字路口。

在这个翻天覆地的世界中，只有女人的力量才能让人类再次幸福起来。

女人要把在男权文化统治下偏离生命本质的人类拉回正轨，让人们停下来看看自己的灵魂，重新关照人类自身的精神世界，那丢失了的根本，那生命的本质及造物的密语。

女人国将粉红三角标志改为粉红圆圈。圆圈代表女性文化，象征造物象征精神；方形代表男性文化，象征物质及物理世界的局限。圆圈是一种完美的精神世界，是通向神性之途，使人类获得提升，从而突破男性物质世界的局限。

圆运动乃万物运动的本质，是坤乾大道。

女人要处理男人世界的众多乱象，这是一个烂摊子。

重整被男人糟蹋的山川，河流，森林，物种，澄清被男人篡改的历史、毁灭的真相，纠正男人的暴力和谎言……

如何重建一个合乎自然合乎造物之道的本真世界，将人类由战争状态转至和平建设上来……

取消男人下跪磕头洗脚、裹小脚等陋习，改造男人的等级强迫症。

下跪，等同于下贱；磕头，是一种精神上的自残。

男人没有作践自己的权利；不作践自己的人才不会想方设法作践别人。

当然，也取消女人对男人歧视性的“什么”称呼，代之以“男人”本号。

男人有创造、质疑的权利，没有杀戮专制的权利；有体育运动的权利，没有打打杀杀的权利；有唱歌跳舞梳洗打扮、刷锅洗碗的权利，没有聚众斗殴的权利；男人有特定状况下的自卫权，没有组建军队战争权……

女人对男权社会中虚伪虚假的东西进行正本清源，去除那些打着冠冕堂皇的幌子携带私货等路数。女人限制不讲理的暴力，认为每个人都有讲理的权利，凡避讳、不敢讲道理的东西必有着不堪入目的肮脏和邪恶。

女人认为，“不可言说”是“言说”的高级境界，但不能因为“不可言说”就“不说”，不能打着“不可言说”的旗号故弄玄虚、故作神秘乃至颠三倒四、胡说八道。

女人对鹿马纷争有着确定的看法：鹿和马是要分清

的，不能鹿马不分。要认清其具体复杂性，不能打着马的旗号干鹿的事情，也不能把马认成鹿。要厘清那些表面为鹿本质是马的事情等等。对鹿系统、马系统等重大而关键的问题，女人进行了认真、有条不紊的解答。无论驯鹿、麋鹿、马鹿、水鹿、驼鹿、溪鹿、梅花鹿，还是角马、斑马、野马、矮脚马、蒙古马、伊犁马、西南马、何曲马、新疆马、阿拉伯马、荷兰混血马、汗血宝马等都应该清清楚楚。

解放裹小脚等相关问题的男人有着相当难度，这不是一个小工程。虽然歌舞伎时代之后已有不少男人不再裹小脚，但心灵上裹着小脚的男人丝毫没有减少。男人须与女人一同提升，才能共建一个人类新世界……

女人国以女娲教为底色，却没有政教合一；且对一切权力，包括宗教权力、世俗权力等都保持足够警惕；女人国认为：任何绝对的不受制约的权力，不管宗教的还是世俗的都是一种堕落的无耻的力量。

新时期的女娲教也有所调整，不仅增设质疑宗，还建立了空白宗、新教门等。

女娲教愈加呈现出平和博大圆通之气象。

女人将女娲教之前的世上宗教分为两类：女性宗教、男性宗教。

女性宗教、女神信仰是人类原初宗教，是本源。男性宗教是建立在女性宗教基础上根据男权利益进行改编和重组的结果。女人国将女性宗教称为阴道教、子宫教，将男性宗教称为阴茎教。

在男性宗教中可看到女性宗教的影子时隐时现。从那些历史的暗示、疑点、线索里，在那些男性宗教逻辑断裂处，可辨认出女性宗教神性时代气息之遗存。女性宗教在男权社会无法显性生存，是隐晦的；有的表面是男性宗教，实质却是女性宗教精神的内涵与翻版。在男权社会长期遮蔽扭曲下，人们要从细节与蛛丝马迹中看出女性宗教的原本模样。

但即便在男权宗教时代，人们对女性神明的信仰也是不可遏制、喷薄而出。如天后、妈祖崇拜，圣母玛利亚崇拜，金母、玄女崇拜等，表明人类对女性的信仰、对温暖母性护佑的向往一直没有停止；而将观音改为女性更是这一心理的直接体现。为什么自由之神是女性、是女神？因为女性代表生命、自由、爱、温暖和人性的本真。

女人国经考证认为：耶和华与女娲之间有着隐秘的关系。七天造人传说源于女娲的七天造人。地球板块大飘移，人口大迁徙前，有一段先于各民族历史的人类共同史。女娲正是这段人类共同史的线索。

但当女娲被称为耶和华，很多东西也随之大相径庭。从女娲到耶和华经过了男权社会的洗礼与异变，体现了人类由母系社会向父系男权社会的转换。

女娲教是对女性文明、女性信仰的全面追溯，是没有被男权社会篡改的人类本源性宗教。

女娲教是女人“补天”的宗教，是补人类社会的天、拯救人类的宗教；是正本清源，关注人的灵魂，努力带领人类回归神性之美好时代的宗教。

女娲教揭示了人类与造物的连接，一种隐喻，通往神启之途；是天人之感应，是对“天”的向往、探索、思考。

女娲教是关于美的宗教。

女人说：“美的极限是自由的灵魂”。美是最高境界。人类理想社会是美的社会。女人要建立全球优美之文化，帮助人类接近自身天赋中最美好高贵的境界。女人秩序是“美治主义”的。

风吹大地，雨落鸟啼……最重要的是如何优美，将美的一切引向深入。美是文明，美是存在，美是生命的坚强与活力，美是人类之教义。

女娲教推崇求真，认为自己是“求真教”，不是“真理教”。

女娲教给人类提供一个永远求真的空间，认为世上任何人和组织都不能垄断真理，被垄断的往往不会是真理。

应谨防权力、金钱操纵，偏离真理、偏离造物之道。

女娲教是关于爱、关于温暖的，有着诸种形态的分类，用各种方式安放人们的心灵，以满足不同人群、层面的需求。宗教有把自己灵魂托付出去的部分，这部分民众希望被引导，希望将自己的精神负担完全卸除。人们可以按自己的机缘和兴趣做出选择，甚至以自己的方式重立一门一派。

女娲教专设“质疑宗”“空白宗”乃至“新教门”。

女娲教认为，一种信仰若只能信不能问也不能批判，就只能是一种盲目的信仰，是不合造物之道的，仅体现了人的偏狭与局限。宗教是灵魂的，也是需要不断探索的。

“质疑宗”又叫“辩论宗”，对相关宗教的诸多部分进行论证、发现、整理等，使人类宗教在不断论辩质疑中生长完善。女娲教成为一部思想制造的大机器。

“质疑宗”的一种观点认为世上经书都是隐喻，给人类提供思考和灵感。人类宗教是一种寓言，是人类不断向神靠近的努力。经书是动态发展的，随时代变迁和人类感悟需不断修订。智慧和问号是人类自有的尊严。人类的所有知识和发现都是向神靠近的努力，是尊重神秘的同时对逻辑的看重，是建立在辩论之上的暂时达成。表面的差异之下存在相近本性，各种宗教是人类意识的经验和各种象征符号。

“新教门”，即每个人都有权创建新的教派，靠说服力、感召力、时间和事实的检验等。但任何教派都没有恐吓、欺骗、强迫人信教及暴力威胁限制人信仰自由的权力。

“空白宗”：不信教，但暗合造物之道。即行径吻合了，一样拥有美好人生。“空白宗”还认为人类可以通过各种方式和途径靠近神。行为比教条重要。

……

女人要终结人类因宗教而战争的历史。

女娲教认为没有人可以垄断神，也没有人可以打着神的名目旗号行使自己及自己小团体的私利私欲。那些狂妄代神之言，以神之名行自己心中偏执的，是远离神。尘世里谁也不是谁的神。神与人是两个范畴的事情。人类只能猜测神的心思却不能臆造，人类的一切努力只能试图理解神，无人可以垄断神。

信仰是个人的事，是每个人自己与神的事。神性是造物的启示，它存在于每个人心中。普天之下，众生平等，每个人都有权以自己的方式接近神，同时无权强迫他人顺从自己。人人有信仰或不信仰神的自由，人人有自由选择的权利，但没有干涉垄断别人的权力。自由，不包括剥夺别人自由的自由。

女人对男权宗教的质疑：你以为你可以打着造物的

名义吗？你以为你可以垄断造物主吗？打着保卫造物的名义掠夺欺压他人正是对造物最大的背离。造物是超出人类的一切，不需要也不是人所能保卫。

男权宗教发展到极端就成了纳粹十字——即万字。万字原本是人下肢的写照，是一个奔跑起来的阴茎，是活力吉祥的体现，而到了纳粹这里就变得奔跑过度，呈现出自毁的疯狂状态了。阴茎教极端起来就成了纳粹。

女人国将男人国的“粉丝教”，及与之相关的“真理教”“科学教”“唯一教”“绝对教”等都归于纳粹邪教之列。垄断、排他、暴力、欺骗、谎言、传销，制造盲目崇拜者，神化个人，洗脑、强迫……“粉丝教”有着多种排列变形。

女人对此有着惨痛的教训：当初男人欺骗、号召女人自杀时，用的就是“真理”“粉丝”等洗脑的方式。

“真理”在神学上，是神的事情，人类只能不断追求。

女人国把世界上充满了互相争斗的帮派归入阴茎教之列。如图腾崇拜者、旗号崇拜者、党派崇拜者等各种旗号各种名目。作为阴道宗一细小分支的“茶道”，发展为“茶党”后，女人国就将之列于阴茎教了，因为它代表了俗世的纷争。

女娲教“有容乃大”，门下分支林立，容纳了：阴道宗、子宫宗、阴茎宗、数列宗等众多样式……

数列宗：认为数是构成一切事物的原型，也构成宇宙的秩序，即“庄严的法则”，那适用于全人类的公式。

修行宗：专事修行，力图超越沉重的肉身，摆脱俗世的羁绊，以达至精神的提升、生命的圆满。修炼至高无上的自觉和非凡的控制能力，将人的头脑和心灵引向那最深邃、崇高、丰富的事物，那充满并包围一切的最终神秘。“情修”“守情”也是其重要一门。

人体宗：人体本身体现着世界的秘密。终极真理在于人体。你的身体会告诉你一切真相。人体骨骼、肌肉数目，人之构成，都体现着造物之表达。神存在女性生殖器中。世界关键性的奥秘是人类本身，可在人类的全部形态和变化中辨认出某种神的轮廓。

拜月宗：对月亮的崇拜。关乎月经、宇宙精气。

国家对月经期有着特别的规定。男人每个月的“那几天”也有相应的祈祷语和仪式安排。男人们有了“那几天”假期也欢天喜地的。

做梦宗：认为真实的存在并不在外在形态当中，而是在做梦者之中。做梦宗又被称为原始意象宗。

花粉宗：花粉是精神活力的象征符号。花粉在仪式中被广泛使用，用它来驱除灾祸，又用它来标示出生命之路。花粉宗仪式里，常常用紫罗兰、曼陀罗花环等装饰。由曼陀罗这种植物造出的麻醉剂，在花粉宗的药物门中最为知名。药物门里包括粮食和作物、有魔力的药草等。

音调宗：用神圣的音节来体现宇宙这一神秘现象，以各种声音体现宇宙之本性。如“哞”“嘛”“嘘”“呵”“噫”“喔”“哦”等，有时也将之称为神的名字。

图像宗：用图像象征世界的一门。

各种颜色的象征，如，粉、绿、白、蓝、黄、黑、灰等在象征手法和膜拜仪式中起重要作用。

符号宗：用符号模拟体系来解释靠近神。

表演宗：对人表演，通过口头和肢体等语言来进行心理暗示。

……

……

人们纷纷涌现而来，逡巡、伫留、潜返……

每个人携带其自有的逻辑密码，身体密码、心灵的密码。

她的问题：为什么人必死还要生下来，还要活着。人生有什么意义。

我们是谁？我们要到哪里去？我们来到这个世界上干什么？

生有何乐，死又何哀？

如何打发时间？如何将时间打发掉？

我是谁呢？谁是我呢？我来自哪里？我将去哪

里？我在干什么？

是什么驱使此人奔跑？

从蝗灾、旱灾等参悟神之密语。

一些固化的奇怪关系和那些严重的紊乱。

各种行为失序。

人是脊椎动物。

这是一个千辛万苦的故事。

一群人忽然聚集起来，之后略有扩散，然后又聚合起来。

每个人都是一个秘密，是不可知的陷阱。但有时人变得出奇的简单和顺从，只要有人一声令下便会一哄而起。

当风与大气剧烈交织，就会对人类社会产生决定性影响。

一个努力打开的空间在渐渐呈现，焦距模糊的光圈，渐渐清晰。人类思维——神经所能达到的范围：深度、广度、力度、持久度。也许它仅仅浅浅地通过、无力留下什么痕迹。它总是努力，它总是徒劳地企图。

努力从一头雾水的人生、人类中寻求意义，给自己个解释和依托。

有的地方尊崇狼鳍鱼化石，有的将黑石当作灵物，有的仪式中有念功、拜功、课功、斋功、朝功等等，大家一起祈祷，一起斋戒、一起歌唱、一起跳舞，一起度过月经期……不同的风俗、仪式、不同的卫生清洁习惯。

卖粗面粉、采购鱼、打扫房屋、享用可口的食物、祷念祝福、洗礼、吟唱圣歌、集体研读经书，发表演讲或进行讨论。蜡烛、歌谣、酒、烤鸡蛋、烤饼、蔬菜、苦菜……

吹起号角举行哀哭仪式。跳起托钵僧的狂舞。他们甚至阉割自己然后昏厥过去。

在世界海拔最高的地方祈祷，这里离天最近，能产生最浓厚虔诚的宗教感，产生接近造物的能量场。

每天静思和祈祷，让自己与神圣力量有交流机会；打开全意识信息，接纳宇宙造物主慈悲智慧的能量；以学习和祈祷来敬拜神。

每人于各自的默想中，导向超然觉悟和不可言传的神圣境界；以仪式启动触及人类心灵的生命活力，达到接近神的心灵跳跃。

整个生活都支持着沉思冥想，每时每刻生活在无声的讲道中。

儿童般单纯快乐。一阵凉快的风吹来就有幸福感；看见一个肥皂泡飞起来也可以快乐无比。

喝茶，以道之方式。在阳光、晴空之下，在花园、在草地，在水边，在茶室，细细品味茶之气息，茶之道理，茶之宇宙……

克制、简朴之茶室，引人想象的空间，穿过花园小径，入室，行礼，端坐，赏、闻、品，于尺寸之间冥想这微型的宇宙，这不可思议的美，诗的可能，其沉默无声中包含着的短暂存在的奥秘。

于最细小存在物中感受神之语，如，从一片树叶、一根小草乃至厨房的一锅一盘等等。生活结构中充满有着重要意义的公式。一处风景本身就是一个圣地。人们在安静的秩序中接近神，于静默中与造物交谈，体会造物那洞察一切的无声的秘密。

真理、美、神性也存在于食物之中，这里有世界的机关、造物的密语。

芥末西红柿之划定、洋葱香草汁之创建、当归牛排葡萄干白芷露肉桂沫之翻炒。半熟的豌豆、黑醋栗，百里香、莴苣、欧芹、迷迭香、无花果、牡蛎，西红柿煎胭脂鱼，旺火炒小白菜加杏仁，烤桃子，塞满了花椰菜、羽衣甘蓝、青椒、蘑菇、树莓、坚果的燕麦卷……

姜片的活性很大。在水中有一个一个气泡冒出来。

大葱之洁白翠绿也让人迷恋好一阵子。

吃五谷杂粮，是吃无数的种子，集中天地万物之精华。

一切能否澄清，回归质朴和本真，回归土豆和稻谷……这人类对自己的喂养。

世界景象之一。人与人见面就问："您吃了吗？"相当本质的问候语。食物，多么重要的事物，它决定您是否能接着活下去。

有人说，生活就像在赌博，食物是其中的关键。

一小孩子问一小店老板："老板，你这里有100个馒头吗？"老板："没有。"第二天，小孩子又来问，老板还是没有。第三天老板特意多准备了100个馒头。小孩果真又来问："老板，你这里有100个馒头吗？"老板胸有成竹："有。"小孩于是说："那我买一个吧。"有人将之视为禅语。

狗在庭院里睡着，鸽子在屋顶上睡着，苍蝇在墙壁上睡着，炉子里摇曳的火焰变得静止不动也睡着了。风停止了，树上没有一片叶子在动。

造物弯曲天空，移动大地，摇晃大地的边缘使深渊的水激荡，云开了……

一头雌鲸庄严地朝海岸游近。

一只严肃脸膛的骡子正悠然散步，狐狸上上下下把它打量了一番。

公园中一晨练老人，每每离去时，都把那个用两片废旧雨伞做成的打坐垫顶在头上，颇有武功深厚的大侠之风……

……

此类事物被写入经书。

其它的——

比如，每天做祈祷，早上吃饭前和上帝开个会。第一件是祈祷太阳，第二件事是浇养一种植物，一种500

年前就被人放在祭坛上当作神来供奉的植物。

比如，祈祷仪式的繁简之分及不同境况下的不同安排：每天早、中、晚、工作日、安息日、斋戒日等等。

比如，握手手势、图形符号、秘密代号、冥想室、祷告词、入会仪式等。

比如，周五之夜被认为是有强烈精神活动的时间。没有时间休息就没有时间与神沟通，就无法质疑君王的合法性。

比如，打扫房屋，休息。

比如，有时，劳动也是一种祈祷。

比如，不要赤脚出门。早晨早起并吃早餐。夏天防暑冬天防寒。

比如，在月朗星稀的夜晚，于高高的楼顶上，放盆清水，女人一手指向月亮，一手指着那盆清水，然后通过观察盆里的水波纹得到“天机”。

神之伟大留言：“不要赤脚出门。”这伟大光辉之语是什么意思呢？很简单：容易着凉；看起来不太文雅。

女人国从各种预言、不着边际的大杂烩中理出真相，破译所有关于这个世界的暗语。在杂乱中接近神祇。如同先知的痉挛，于痉挛中接近神性与真相。对女性来说痉挛更容易些，因而女先知更为明显。历史上很多女先知嚼食常春藤之后说出谕言，但被男性社会迫害。

敌对之物是一种镜像。男人即女人之镜像，令全体人类反思的镜像。

两性大战，人类之战争。

太阳之门，世界之墙。

造物是维持万物运行的某种神秘力量的代称。天地间哪怕一个最细微的动作，都显得那样深不可测、内涵广博。风吹树会摇，花落花又开……那环环相扣、细致入微的精美，那包罗万象的神秘。神想告诉我们什么？抑或隐瞒我们什么？人生是一场游戏一场梦？一切都是神造就的大游戏机？故事开始于很久以前？一切都聚合向一个点？上帝的笑声传来了吗？人类听见了什么？

造物纪，这是一个充满了制造感的世纪，是关于人类的那些事儿，是对造物的全面猜想。

向男做了个梦，睡梦中得到宗教般启示，感动得哭了。阳光温暖地普照大地，感受造物呈现的这个世界，其本来的样子，人们忽略的众多事物、景观、样貌:丰富而错落、莫测而素朴、优雅并童真……

饱经沧桑的向男感觉自己的狗血人生，如同被塞满了各色杂乱物质的音像片段，在头脑中形成映像，制作组构成并不属于本人的片断组合。

哪个人真正属于自己、过着属于自己的人生，而不是被操纵，不是乱码？

向男觉得自己的人生似一场梦境。

向男信奉了做梦宗。从那时起，他的梦境愈加丰富。他还是个歌舞伎演员，他对女性的扮演越来越出神入化了。

2011——2013 年于北京

图书在版编目（CIP）数据

造物纪 / 杜冰冰著. -- 北京 ： 九州出版社，
2015.11
ISBN 978-7-5108-4034-0

Ⅰ. ①造… Ⅱ. ①杜… Ⅲ. ①长篇小说－中国－当代
Ⅳ. ①I247.5

中国版本图书馆CIP数据核字(2015)第268305号

造物纪

作　　者	杜冰冰　著
出版发行	九州出版社
出 版 人	黄宪华
地　　址	北京市西城区阜外大街甲 35 号（100037）
发行电话	(010)68992190/3/5/6
网　　址	www.jiuzhoupress.com
电子信箱	jiuzhou@jiuzhoupress.com
印　　刷	北京市朝阳燕华印刷厂
开　　本	710 毫米 ×1000 毫米　16 开
印　　张	17.75
字　　数	180 千字
版　　次	2015 年 11 月第 1 版
印　　次	2015 年 11 月第 1 次印刷
书　　号	ISBN 978-7-5108-4034-0
定　　价	29.80 元